가가 교이치로
加賀恭一郎

냉철한 머리, 뜨거운 심장, 빈틈없이 날카로운 눈매로 범인을 쫓지만, 그 어떤 상황에서도 인간에 대한 따뜻한 배려를 잃지 않는 형사 가가 교이치로. 때로는 범죄자조차도 매료당하는 이 매력적인 캐릭터는 일본 추리소설계의 일인자 히가시노 게이고의 손에서 태어나, 30년 넘게 그의 작품 속에서 함께해왔다.

가가 교이치로가 제일 먼저 등장한 것은 청춘 미스터리 소설『졸업』이다. 교사가 될 꿈을 품은 평범한 대학생인 가가는 친구들의 연이은 죽음을 접하며 인간의 양면성과, 사건 해결에 대한 자신의 재능을 깨닫는다. 하지만 형사였던 아버지가 가정에 소홀했기 때문에 어머니가 집을 떠났다고 생각한 가가는 형사라는 직업 대신, 교사의 길을 택한다. 그러나 운명은 그를 평범한 교사로 머물게 두지 않았다. 가가 교이치로는 재직 중 어떤 사건으로 인해(자세한 내용은『악의』에서 밝혀진다) 자신이 '교사로서는 실격'이라 판단하고 사직, 경찰에 입문한다.

가가 교이치로가 다른 추리소설 속 명탐정들과 다른 점은 무엇일까? 가가 형사는 그 어떤 경우에도 다정함과 최고의 선을 향한 인간적인 배려를 잃지 않는다. 이는 상대가 범죄자라 해도 마찬가지이다. 그리고 그것이 바로 가가 형사가 '인간의 심리를 가장 완벽하게 꿰뚫는 한 편의 드라마' 같은 추리소설을 쓰는 히가시노 게이고, 그에게 가장 사랑받는 캐릭터인 이유이다.

〈가가 형사 시리즈〉는『졸업』을 시작으로『잠자는 숲』『악의』『둘 중 누군가 그녀를 죽였다』『내가 그를 죽였다』『거짓말, 딱 한 개만 더』와 나오키상 수상 이후의 첫 작품『붉은 손가락』이후『신참자』『기린의 날개』『기도의 막이 내릴 때』까지 총 10권이 출간되었다.

KEIGO HIGASHINO

現代文學 가가 형사 시리즈 東野圭吾

히가시노 게이고

양윤옥 옮김

거짓말, 딱 한 개만 더

H
현대문학

거짓말,
딱 한 개만 더

1

마지막 총연습이 중반에 접어들고 있었다.

제2막 〈동굴에서〉, 알이 연인 프루사와 보물을 발견하는 장면이다. 우선 두 사람이 함께 춤을 춘 뒤에 프루사의 솔로가 나오고 이어서 알의 솔로. 마지막에 다시 둘이 함께 춤춘다. 이른바 '파드되pas de deux✛'다.

이 장면의 가장 큰 볼거리는 무엇보다 후반부에 프루사가 마법 양탄자를 타고 허공을 날아가는 대목이다. 실제로는 알

✛ 발레에서 프리마 발레리나와 그 상대역이 추는 춤.

이 프루사의 몸을 한 손 리프트로 높이 들어 올려야 한다. 들어 올릴 뿐만 아니라 그 넓은 무대를 누비며 빙빙 돌기까지 한다. 남성 댄서가 힘이 드는 건 물론이고 발레리나에게도 상당한 체력이 요구된다. 게다가, 두말할 것도 없지만, 그런 힘겨운 동작을 몹시 행복하다는 표정으로 하지 않으면 안 되는 것이다. 어쨌든 두 사람이 보물을 발견하고 엄청나게 기뻐한다는 설정이기 때문이다.

"신지, 동작이 작아졌어. 그래서는 전혀 날아가는 것 같지 않잖아! 대체 몇 번이나 말해야 알겠니?"

연출가 사나다의 목소리가 스피커를 통해 튀어나왔다. 그는 관객석의 거의 한가운데 자리에 앉아 무대를 지켜보고 있었다. 몇 시간 뒤에는 만석이 될 이 넓은 홀에 아직 관객은 한 사람도 없었다. '유게 발레단' 댄서들은 오로지 연출가의 시선만을 의식하며 춤추고 있었다.

데라니시 미치요는 사나다와는 조금 떨어진 통로에 서서 무용수뿐만 아니라 무대 장치와 조명 효과 같은 것도 점검했다. 공연이 혹시라도 싸구려처럼 보이지는 않을까, 그녀는 그 점이 가장 걱정스러웠다. 역시나 유게 발레단 비장의 작품답다는 평가를 반드시 받아야 한다. 다행히 거액의 홍보비를 쏟아부은 보람이 있어서 티켓은 매진이었다. 그런 의미에서 사무국장으로서 자신의 임무는 다했다는 자부심이 있었다. 이제 남은 것은 평론가를 감동시킬 만한 무대를 보여주는 것이다. 그녀에게는 아직 연출가를 보좌해야 할 임무가 남아 있었다.

미치요의 시야 한 귀퉁이에서 문 한쪽이 열렸다. 그녀는 그쪽을 돌아보았다. 거무스레한 그림자가 막 들어서는 참이었다. 얼굴은 보이지 않았다. 하지만 키가 훌쩍 큰 그 체격만으로도 누구인지 짐작할 수 있었다. 미치요의 가슴속에 우울한 기분이 연기처럼 퍼졌다.

키 큰 남자의 실루엣이 그녀 쪽으로 다가왔다. 마중을 나가듯이 그녀도 걸음을 옮겼다. 환영하고 싶지 않은 문제의 손님이라는 게 분명해졌다.

"바쁘신데 죄송합니다." 그가 말했다. 나지막하게 억누른 목소리였다.

"또 무슨 일이시죠?" 미치요는 물었다. 그녀는 목소리와 함께 짜증스러운 마음도 억누르고 있었다.

"잠깐 여쭤볼 게 있어서요. 지금 괜찮을까요?"

"보시는 대로 마지막 총연습 중이에요. 이제 곧 첫 공연 시간도 다가오고요." 그녀는 손목시계에 눈을 던졌다. 하지만 어두워서 문자판은 읽을 수 없었다.

"금방 끝납니다. 질문에 대답만 해주시면 돼요."

미치요는 일부러 큰 한숨을 내쉬었다. 사나다 쪽을 돌아보았다. 하지만 그는 미치요가 키 큰 남자와 이야기를 한다는 것조차 알지 못한 채 계속 무대만 응시하고 있었다. 원래부터 그는 미치요가 연출에 관여하는 것을 그리 달가워하지 않는 사람이었다.

"어쩔 수 없군요. 그럼 잠깐 나가시죠."

"미안합니다." 남자는 슬쩍 머리를 숙였다.

미치요는 남자와 함께 홀을 나섰다. 복도를 지나 대기실 문을 열었다. 아르바이트로 일하는 사무국 여직원 하나가 초대 손님을 위한 티켓을 정리하고 있었다.

"미안하지만 다른 데서 좀 해줄래요? 접수처 카운터에 가서 하든지."

"아, 네."

젊은 여직원은 책상에 펼쳐두었던 것을 주섬주섬 챙겨들고 대기실을 나갔다.

"방해해서 죄송합니다." 남자는 말했다.

미치요는 그 말에는 대답하지 않고 "커피 좀 뽑아 올까요?"라고 물었다. "자판기 커피지만."

"아뇨, 괜찮습니다."

"그래요?"

미치요는 벽에 설치된 모니터의 스위치를 켠 뒤에 파이프 의자에 앉았다. 모니터에는 무대의 영상이 보이고 있었다. 따로 붙여둔 스피커에서는 사나다의 목소리도 들려왔다. 그는 남성 댄서의 움직임이 다이내믹하지 않다고 또다시 화를 내는 모양이었다.

남자는 책상을 끼고 그녀와 마주하듯이 앉았다. 모니터로 시선을 향한다.

"여기서도 무대를 볼 수 있군요. 공연 중에도 이 모니터로 볼 수 있는 건가요?"

"네, 다 볼 수 있어요."

"그럼 이 방도 관객석이나 마찬가지군요."

미치요는 가방에서 담배와 라이터를 꺼내고 책상 위의 재떨이를 앞으로 끌어왔다.

"발레는 직접 보지 않으면 의미가 없어요."

"그렇습니까?"

"인간의 몸을 사용하는 예술은 모두 다 그래요. 스포츠도 그렇잖아요? 하긴 그것도 일류에 한정된 얘기지만."

"〈아라비안나이트〉는 일류란 말씀이군요?" 그렇게 말하고 남자는 벽에 붙은 포스터를 보았다. 유게 발레단의 이번 공연 〈아라비안나이트〉를 홍보하는 포스터였다. 첫 공연 날짜가 바로 오늘이다.

"물론이죠." 그녀는 담배에 불을 붙여 연기를 토해낸 뒤에 고개를 끄덕였다. "우리는 일류라고 자부할 만한 작품이 아니면 무대에 올리지 않아요. 그중에서도 〈아라비안나이트〉는 최상급이라고 생각하고 있어요."

"성숙한 기량과 천부적인 표현력 없이는 연기할 수 없는 고난도의 역할을 연출가의 상상을 뛰어넘을 만큼 훌륭하게 구사했다. 그녀 이외에 이 역할을 할 수 있는 발레리나는 당분간 나오지 않을 것이다ー." 남자는 갑작스럽게 그런 말을 늘어놓으며 빙긋이 웃어 보였다. "15년 전의 신문에 그렇게 실려 있던데요."

"그런 것까지 조사했어요? 호기심이 많으시네."

"전에도 말씀드렸지요? 발레에는 적잖이 관심이 있습니다."

"농담인 줄 알았는데."

"농담도 가끔 하지만, 그건 정말이에요." 남자는 그녀의 얼굴을 빤히 바라보았다. "15년 전 프리마 발레리나의 사진도 실려 있었어요. 기품 있고 아름답고 약간 위험한 향기를 풍기는 프루사 왕녀였지요?"

미치요는 눈을 돌려버렸다. 그건 그녀에게는 아름다운 추억의 하나였다. 하지만 이 자리에서는 화제로 삼고 싶지 않았다.

"그래서, 나한테 뭘 물어보겠다는 건가요?"

"아, 실례했습니다, 바쁘시다고 했는데." 남자는 상의 호주머니에 손을 넣어 뭔가 뒤적이는 몸짓을 했다.

남자의 이름은 가가라고 했다. 네리마 경찰서의 형사다. 며칠 전에 일어난 사건의 수사를 맡고 있었다. 미치요가 가가 형사와 얼굴을 마주하는 건 오늘로 네 번째였다.

가가는 수첩을 꺼냈다.

"우선 그날 밤의 행적에 대해 다시 한번 확인하고 싶은데요."

미치요는 짜증스러운 표정을 감추지 않고 천천히 고개를 저었다.

"그걸 또? 정말 집요하시네."

"아이, 그런 말씀 마시고." 가가는 상큼하다고도 할 수 있는 얼굴로 웃었다. "그날 당신은 오후 6시쯤까지 발레단 사무실에 있었고, 연출가인 사나다 씨 일행과 저녁식사를 한 뒤에 9시쯤 귀가. 그러고는 내내 집에 있었고, 그다음 날 8시에 출근. 지난번에 문의했을 때, 그렇게 대답하셨지요? 뭔가 수정할 내용은 없습니까?"

"없어요. 모두 다 맞습니다. 좀 더 말하자면 맨션에 돌아간 뒤에는 아무도 만나지 않았고 전화 통화도 안 했어요. 그러니 내가 내내 집에 있었다는 걸 증명할 수는 없어요."

"그 상황에 달라진 건 없으시다는?"

"그래요. 따라서 알리바이는 없는 셈이죠. 왜 그런 게 필요한지, 나는 전혀 이해를 못 하겠지만."

"반드시 필요하다는 말은 아닙니다. 단지 그날 밤의 행적이 어떤 형태로든 분명하게 밝혀진다면 큰 도움이 되겠다는 거지요."

"바로 그걸 모르겠다고요. 애초에 당신들이 이런 식으로 수사를 하는 것 자체가 이해가 안 돼요. 이건 마치 살인사건 같잖아요?"

그녀의 말에 가가는 아주 조금 눈썹을 치켜 올렸다.

"살인사건 같은 게 아니라 살인사건일 가능성이 농후하다고 우리는 생각하고 있습니다."

"말도 안 돼." 미치요는 얼굴을 찡그리며 내뱉듯이 말했다. 그러고는 다시 한번 형사의 얼굴을 마주 쏘아보았다. 이번에는 낮게 억누른 목소리로 물었다. "농담이죠?"

"아뇨, 저는 살인사건 전담 형사랍니다." 가가는 그렇게 말하고는 슬쩍 하얀 이를 내보였다.

2

하야카와 히로코의 사체가 발견된 것은 5일 전 아침이었다. 자신이 사는 맨션 부지의 정원수 사이에 쓰러져 있는 것을 관리인이 발견한 것이다. 히로코는 머리에서 많은 양의 피를 흘리고 있었다.

경찰 조사에 의해 7층 자기 집 발코니에서 추락했다는 게 밝혀졌다. 정원수가 있기는 했지만 흙바닥은 거의 없고 주위는 온통 콘크리트로 에워싸여 있었다. 그 콘크리트 바닥에 머리를 강타한 것으로 추정되었다. 다행히 흙 쪽에 떨어졌다고 해도 살아날 확률은 제로에 가까웠을 거라는 게 경찰의 의견인 모양이었다.

데라니시 미치요는 히로코와 같은 맨션에 살고 있지만 그날 아침에 집을 나설 때까지만 해도 아직 소동은 일어나지 않았다. 문제의 정원수가 남의 눈에 띄기 힘든 자리에 있었던 데다 관리인이 물을 주기 시작한 게 그 한참 뒤였기 때문이다. 미치요가 히로코의 사체 발견 소식을 들은 것은 오전 10시가 지나서였다. 전화로 형사에게서 들은 것이다. 그 전화도 경찰이 직접 해준 게 아니라 그녀 쪽에서 히로코의 집에 걸었다. 그때는 이미 형사들이 히로코의 집에 들어와 현장 조사를 하고 있었던 것이다.

오후에는 형사들이 유게 발레단으로 찾아왔다. 그중 한 사람이 가가 형사였다.

하야카와 히로코도 유게 발레단 사무국 직원이었다. 1년여 전까지는 댄서로 등록되어 있었지만 무릎 부상 때문에 춤을 출 수 없게 되자 은퇴를 결심하고 직원으로 남았던 것이다. 사망했을 때, 그녀는 서른여덟 살이었다. 자그마하고 마른 편이어서 댄서로서는 최상의 몸매였다. 또한 그녀는 미치요와 마찬가지로 독신이었다.

히로코는 사망하기 일주일 전에 그 맨션으로 이사를 왔다. 그래서 집 안에는 아직 이삿짐이 거의 손도 대지 않은 상태로 쌓여 있었다.

형사들이 우선 주목한 것은 같은 맨션에 미치요가 살고 있다는 점이었다. 우연한 일인지 어떤지 그들은 알고 싶어 했다.

"우연이 아니에요. 다른 볼일이 있어서 우리 집에 왔을 때, 벽에 붙은 임대 광고지를 봤던 모양이에요. 하지만 딱히 나한테 상의한 건 아니라서 갑작스럽게 이사 온다는 소리를 들었을 때는 나도 좀 놀랐죠."

그리고 형사들은 그녀들의 집 위치에 대해서도 관심을 보였다. 미치요의 집은 히로코의 집에서 대각선으로 위층에 있었다. 즉 미치요가 발코니에 나가면 히로코의 집 발코니를 내려다볼 수 있는 것이다.

형사들은 뭔가 보거나 들은 게 없느냐고 물었다. 미치요는 고개를 저었다.

"이 맨션은 방음이 잘되어서 바깥 소음은 거의 들리지 않아요. 게다가 나는 발코니에 나가는 일이 거의 없습니다."

그녀의 이 대답에 형사들은 별다른 의심을 품는 것 같지는 않았다.

하야카와 히로코의 죽음에 대해 짐작 가는 건 없느냐는 질문에도 그때 이미 몇 번이나 대답했었다. 사무국 직원들도 발레단 멤버들도 전혀 아무것도 생각나는 게 없다고 했다. 히로코와 친하게 지내던 몇몇 사람들은 "요즘 들어서는 어느 쪽인가 하면 어쩐지 신바람이 난 것처럼 보였다"라는 말을 했다.

그때 가가 형사는 별로 말이 없었지만, 딱 한 가지 질문을 했다. 히로코의 옷차림에 관한 것이었다.

히로코는 위아래 운동복을 입고 발목에는 토시를 하고 있었다. 거기에 토슈즈까지 신고 있었던 것이다. 그 점에 관해 뭔가 짚이는 건 없느냐고 그는 물어왔다.

물론 미치요와 단원들은 그건 좀 이상하다고 대답할 수밖에 없었다. 현역 댄서라도 자기 집에서 토슈즈를 신고 있는 일은 거의 없다. 단지 미치요는 형사들에게 다음과 같이 말해보았다.

"혹시 히로코가 자살한 거라면 토슈즈를 신고 있었던 그 심정은 이해가 돼요. 발레리나에게 토슈즈는 인생의 상징 같은 것이니까요. 나도 나중에 죽으면 관 속에 토슈즈를 넣어달라고 이따금 농담 삼아 말할 때가 있거든요."

여기에 대해서는 현역 댄서들도 동의를 표했다.

그때만 해도 가가는 더 이상 자세한 질문은 하지 않았었다.

3

"미치요 씨 집은 8층이었지요? 발코니에는 자주 나가십니까?" 가가가 말했다.

"그야 뭐, 몇 번은 나갔겠죠." 미치요는 대답했다. "하지만 그리 자주 나가는 편은 아니에요. 그래서 그날 밤에도 아래층 발코니에서 무슨 일이 있었는지 전혀 목격한 게 없어요. 이건 몇 번이나 말씀드렸는데?"

하야카와 히로코가 발코니 아래로 추락한 것은 사체 발견 전날 밤인 것으로 보인다고 신문에는 보도되었다. 아마도 부검 결과 등을 통해 경찰이 그렇게 추정한 것이리라. 그것을 뒷받침하듯이 그 직후에 가가 형사가 찾아와 사건 당일 밤 미치요의 알리바이를 물었다. 그때 그녀의 대답은 조금 전에 했던 것과 똑같았다.

"발코니에서 아래를 내려다본 적은 없습니까? 히로코 씨가 떨어진 그 부근을요."

"글쎄." 미치요는 고개를 갸우뚱했다. "내려다본 적이 있었는지도 모르지만, 다 잊어버렸어요. 요즘에는 통 못 봤거든요. 근데 그게 왜요?"

"실은 히로코 씨 집 발코니에서 제가 아래를 내려다봤습니다. 가장 먼저 생각나는 게 낙하지점의 면적이 유난히 좁다는 거였어요. 건물과 벽 사이에 끼어 있는 데다 정원수까지 있어서 콘크리트 지면이 거의 보이지 않아요. 뭔가가 떨어졌을 경우, 콘크리트 바닥에 닿을 확률이 몹시 낮다고 느꼈습니다. 물론 이건 눈의 착각이고 실제로 내려가 보면 콘크리트 바닥이 의외로 널찍하다는 걸 알 수 있지요. 단지 위에서는 그렇게 보인다는 겁니다. 이건 나만의 느낌이 아니라 동료 형사들도 똑같은 인상을 받았다는군요."

"그래서요?"

"자살자의 심리라는 건 복잡한 듯하면서도 단순한 면이 있거든요. 높은 데서 뛰어내리는 자살의 경우에도 아래를 내려다봤을 때의 분위기 등으로 마음이 바뀌는 일도 많다더군요. 자살자가 가장 두려워하는 건 제대로 죽지 못하는 거예요. 실제로는 7층 높이라면 어디에 떨어지건 확실하게 즉사하지만, 아무래도 콘크리트 바닥에 곧바로 부딪쳐야 자살에 성공할 것 같은 마음이 들겠지요. 그런 점에서 그 발코니 아래의 풍경은 자살을 포기할 만한 효과를 갖고 있다고 할 수 있어요."

"자살이라는 걸 부정하는 근거가 겨우 그것뿐인가요?"

"아뇨, 이건 근거라고 할 정도의 사항은 아닙니다. 단순한 느낌이지요. 근거라고 하면 현관문의 열쇠가 채워지지 않았던 것, 그리고 비디오 예약 녹화가 되어 있었던 것 쪽이 더 크겠지요."

"예약 녹화?"

"네, 그다음 날 새벽 시간에 NHK에서 발레 입문이라는 프로그램이 방송될 예정이었는데, 히로코 씨는 그걸 녹화하려고 했던 모양이에요. 그 전날까지 아직 비디오 선이 연결되지 않았다는 건 히로코 씨 집을 찾아왔던 사람의 증언에 의해 밝혀졌습니다. 그러니까 그걸 녹화하기 위해 서둘러 비디오를 설치했다고 생각할 수 있겠지요. 하지만 자살할 사람이 그런 예약 녹화를 할까요?"

비디오가—.

미치요의 뇌리에 하야카와 히로코의 집 안 풍경이 떠올랐다. 거실 한쪽에 텔레비전이 있었던 건 기억이 났다. 비디오는 어떻게 되어 있었던가. 거기까지는 생각나지 않았다. 더구나 그것이 예약 녹화 중인지 아닌지 따위는 생각해본 적도 없었다.

"나도 깜빡 잊고 현관문을 잠그지 않는 일이 있어요. 비디오 예약도 그렇죠. 충동적인 자살이라면 그럴 수도 있는 거 아닌가요?" 미치요는 말했다. "자살하기로 했더라도 예약해놓은 걸 일부러 취소하지는 않겠죠."

"그건 그럴 수도 있겠군요." 가가는 조용히 웃었다. "그러면 왜 그런 자살 충동이 생겼을까요? 녹화를 예약해둔 뒤로 무슨 일이 있었던 걸까요?"

"글쎄, 그건 난 잘 모르겠어요." 미치요는 고개를 저었다.

"전에 히로코 씨가 자살한 원인에 대해 물었을 때, 당신은 이렇게 대답했습니다. 히로코 씨가 댄서 생활을 은퇴하고 춤을 출 수 없게 되니까 삶의 보람을 잃은 것 같다. 아마 그런 고민이 깊었던 게 아니냐, 라고요."

"그래요. 지금도 그렇게 생각해요."

"하지만 그 뒤의 조사에서 그것과는 모순되는 사실이 나왔습니다. 히로코 씨는 새로운 삶의 보람을 찾아냈어요."

"새로운 삶의 보람?"

"네, 발레학원입니다." 가가 형사는 책상 위에서 양손을 끼고 몸을 스윽 앞으로 내밀었다. "히로코 씨는 사이타마현 출신이지요? 그 근처에서 발레학원을 열 만한 장소를 물색하고 있었다는 게 밝혀졌어요. 아이들에게 발레를 가르치고 싶다고 친한 친구에게 말하기도 했고요. 네리마 쪽으로 이사한 것도 그 점을 생각했기 때문일 겁니다. 사이타마까지 가는 데는 네리마 쪽이 교통이 편리하니까요."

미치요는 바짝 마른 입술을 혀로 핥았다.

"그랬군요, 발레학원을……."

"당신은 그 일에 대해서는 모르셨던 모양이지요?"

"네, 처음 듣는 얘기예요."

거짓말이 아니었다. 하야카와 히로코가 뭔가 하려고 한다는 건 눈치챘었다. 하지만 그게 발레학원일 줄은 생각도 못 했다.

"알겠어요. 현재로서는 자살이라고 단정할 만한 근거가 없다는 얘기죠? 그러면 거꾸로 내가 좀 묻겠는데, 타살일 가능성은 어때요? 내가 보기에는 그쪽이 훨씬 더 가능성이 낮은 거 같은데."

"아, 그런가요?"

"이번 일이 타살이라면 살아 있는 사람을 발코니에서 떨어뜨렸다는 얘기겠지요. 그러면 상당한 체력이 필요하지 않겠어요? 당연히 히로코는 필사적으로 저항했을 거예요. 하지만 그건 거의 불가능하잖아요? 아, 그게 아니면 히로코에게 수면제 같은 걸 먹여서 정신을 잃게 했나? 하긴 뭐, 그럴 경우 힘센 남자라면 못할 것도 없겠네."

"부검 결과에 의하면 히로코 씨가 수면제를 복용한 흔적은 없다고 합니다."

"그러면 그건 아니군요." 미치요는 고개를 끄덕이며 말했다. "그런 쪽이 아니라는 건 단언할 수 있겠네."

"범행 수단에 대해서는 우리도 짐작하는 게 있습니다. 하지만 지금 그 이야기는 일단 접어두기로 하지요. 우리가 우선 밝혀야 하는 건 사건 당일 밤에 그 집에 들어간 사람이 누구냐는 거예요. 어떤 수단을 동원하건 일단 그 집에 들어가지 않고서는 히로코 씨를 발코니 너머로 떨어뜨릴 수 없을 테니까요. 다행히 히로코 씨는 이사 온 지 얼마 안 되어서 많은 사람이 그 집을 드나들지는 않았습니다. 이를테면 실내에 떨어져 있는 모발만 조사해도 상당한 정보를 얻을 수 있죠."

모발이라는 말에 미치요는 자기도 모르게 손을 들어 자신의 머리칼을 더듬었다. 이제는 흰머리를 염색하느라 이래저래 품이 많이 드는 머리였다.

"그렇다면 내가 가장 먼저 용의자 리스트에 올랐겠군요. 나는 히로코가 이사 온 뒤로 몇 번이나 그 집에 갔었으니까."

"물론 그런 점은 감안하고 조사하죠. 모발만이 아니라 옷의 보푸라기처럼 세세한 유류품도 검사합니다. 그리고 범인이 남긴 것뿐만 아니라 가져간 것에 대해서도 추적할 생각이에요."

"가져간 것?"

"가져갔다고 하면 이해하시기가 어렵겠군요. 범인의 몸에 부착된 채로 나간 것이라고 하는 게 적절할까요?"

"그래도 잘 모르겠는데?"

"이를테면"이라고 말하며 가가 형사는 팔짱을 꼈다. "히로코 씨는 꽃이라도 가꿀 생각이었는지 발코니에 마루를 깔았더군요. 그리고 빈 화분 한 개가 구석에 놓여 있었어요. 기억나십니까?"

미치요는 잠깐 생각해본 뒤에 "아, 있었어요"라고 대답했다.

"조사해봤더니 화분에 누군가 손을 댄 흔적이 있었어요. 게

다가 장갑을 끼고 그걸 들어 올린 것으로 보입니다. 물론 그 화분을 만진 사람이 히로코 씨 본인이었는지도 모르지요. 어떻든 우리로서는 그런 점도 분명하게 밝히지 않으면 안 됩니다."

"그런 걸 어떻게 조사하죠?"

"화분은 비어 있었지만 흙이나 농약이 미량이라도 묻어 있었을 거예요. 그렇다면 화분을 들었을 때 그런 것이 장갑에 묻었을 가능성이 있겠지요. 이런 경우에는 우리의 비밀 병기가 등장하게 됩니다."

"비밀 병기?"

"네, 경찰견입니다." 가가 형사는 집게손가락을 바짝 세웠다. "농약 냄새를 기억해서 장갑을 찾아내는 거예요. 만일 집 안에서 장갑이 발견되지 않는다면 히로코 씨 이외의 사람이 화분을 만졌다는 얘기가 되거든요. 잘하면 그 사람이 어떻게 집에서 나갔는지까지 확실하게 밝혀낼 수 있습니다."

형사의 말을 들으며 미치요는 어느 텔레비전 방송을 떠올렸다. 냄새만으로 마약을 찾아내는 탐지견의 활약을 그린 다큐멘터리였다. 그 방송에서는 탐지견들이 얼마나 우수한지를 멋지게 그려내고 있었다.

미치요는 후우 한숨을 내쉬었다. 그리고 희미하게 웃어 보였다.

"재미있는 시도네요. 하지만 그런 걸 하면 점점 더 나에 대한 의심이 커지겠군요. 그 경찰견이 내 방 앞에서 왕왕 짖을 테니."

"어째서요?"

"내가 그 화분을 만졌거든요. 이삿날에 도와주러 갔다가 발코니를 청소하면서 화분을 옮겼던 기억이 있어요."

"장갑을 끼고서요?"

"당연하죠. 손이 거칠어지니까."

"분명히 화분을 만지셨습니까?"

"네." 미치요는 가슴을 내밀며 수긍했다.

가가 형사는 입을 꾹 다물고 천장을 올려다보았다.

"안됐네요. 경찰견이 등장할 일이 없어져버려서."

"아무래도 그런 것 같군요." 가가 형사는 머리를 긁적였다.

"그래도 난 이해가 안 돼요. 왜 자꾸만 타살이라고 생각하는 거예요? 타살이라면 동기가 있어야 하잖아요. 그 점에 대해서는 뭔가 찾아냈나요?"

"진짜 동기라면 범인에게 물어보는 수밖에 없겠지만, 그걸 추측할 만한 재료는 몇 가지 입수했습니다."

"나한테도 꼭 알려주셨으면 좋겠네요. 나도 관심이 있으니까."

가가 형사는 잠시 망설이는 표정을 보이더니 상의 안주머니에 손을 넣었다.

"이거, 혹시 기억하십니까?"

그는 접힌 종이를 꺼냈다. 펼치자 A4 크기가 되었다. 복사지였다. 자잘한 글씨와 기호가 적혀 있었다.

흘끗 쳐다보고 미치요는 고개를 끄덕였다.

"네, 기억해요. 며칠 전에 당신이 보여줬으니까. 하지만 이건 일부분이지요?"

"그렇습니다. 엄밀히 말하자면 일부만 다시 복사한 거예요. 중요한 증거라서 원본은 내 마음대로 들고 나올 수가 없거든요."

며칠 전에 가가 형사는 두툼한 파일을 보여줬다. 그 안에는 악보와 안무를 적어 넣은 원고의 복사본이 묶여 있었다. 오늘 공연할 예정인 〈아라비안나이트〉의 원고였다.

가가 형사의 말에 따르면, 그 파일은 하야카와 히로코의 방에서 발견되었다고 한다. 다른 이삿짐들은 아직 박스째로 쌓여 있는데 이 파일만은 일찌감치 꺼냈고, 게다가 침대 밑에 감춰져 있었다는 것이다.

파일의 내용에는 기묘한 점이 몇 가지 있었다. 우선 손으로 직접 쓴 원고를 복사한 것이라는 점이다. 왜냐하면 현재 발레단에서는 악보나 원고는 전부 활자로 인쇄한 것만 사용되기 때문이다. 그런데 어째서 이 파일은 손으로 직접 썼는가 하는 의문이 생긴다. 그리고 손으로 직접 쓴 원본은 어디에 있는가 하는 것도 수수께끼다. 아니, 그보다 어째서 하야카와 히로코는 이런 물건을 그토록 소중하게 간직하고 있었는가.

그런 가가 형사의 질문에 대해 미치요는 전혀 모르겠다고만 대답했었다. 그것 말고는 대답할 도리가 없었다.

"그 뒤로 여러 가지 조사해본 결과 그 파일의 정체를 거의 파악했습니다."

"뭐였지요?"

"그걸 말씀드리기 전에 확인해둘 게 있습니다. 〈아라비안나이트〉에 대한 건데요, 그 작품은 유게 발레단의 창작 발레였지요?"

"네, 맞아요."

"스토리와 안무는 데라니시 도모야 씨, 즉 당신의 남편 되시는 분이지요? 그리고 작곡은 신카와 유지 씨. 친우였던 두 분이 17년 전에 창작했다고 들었습니다. 첫 공연은 15년 전. 주역 프루사 왕녀 역할을 연기한 건 당신이었습니다. 실질적으로 그게 당신의 마지막 무대이기도 했고요. 여기까지 뭔가 틀린 내용은 없습니까?"

"아뇨, 모두 맞아요."

"근데 그 파일에 관해 한 가지 모순점이 발견되었어요. 왜냐하면 필적으로 봐서 안무 부분을 쓴 사람은 마쓰이 요타로 씨라는 분으로 판명되었기 때문입니다. 마쓰이 요타로 씨에 대해서는 물론 알고 계시지요?"

"……알고 있어요."

"마쓰이 씨도 유게 발레단의 발레 마스터였다고 하더군요. 안무에 대한 공부도 하셨고, 음악가 신카와 씨와도 오래전부터 잘 아는 사이였어요. 그런데 마쓰이 씨는 20년 전에 병으로 사망하셨더군요. 모순점이라는 건 바로 이 부분입니다. 20년 전에 사망한 사람이 그 3년 뒤에 작품을 썼다니, 이건 어떻게 된 것인가."

미치요는 입을 꾹 다물었다. 그녀는 그 대답을 알고 있었다. 하지만 그것을 여기에서 말해야 할지 망설여졌다. 어쨌건 형사가 이미 추리를 마쳤다는 건 확실했다.

"유감스럽게도 신카와 씨는 5년 전에 사고로 돌아가셨고, 당신의 남편분도 작년에 암으로 사망하셨습니다. 그러니 진상을 밝혀내기는 어렵게 되었지만 그래도 상상은 할 수 있겠죠. 〈아라비안나이트〉를 실제로 만든 것은 신카와 씨와 마쓰이 씨, 두 분이었다. 그런데 마쓰이 씨가 사망하는 바람에 안무는 데라니시 도모야 씨의 이름으로 발표했다―. 어떠세요, 그다지 엉뚱한 상상은 아닌 거 같은데요."

"그러니까 내 남편이, 데라니시 도모야가 그 작품을 훔쳤다는 말이군요?"

"훔쳤다고는 하지 않았습니다. 그런 경위가 있었던 게 아닌가 하는 추측을 말씀드린 것뿐입니다."

"똑같은 말이잖아요. 아, 이제 무슨 말을 하려는 건지 똑똑히 알겠군요." 미치요는 형사를 향해 고개를 끄덕여 보였다. "우연한 기회에 히로코가 마쓰이 씨의 원고를 발견했다. 그래서 히로코는 당신과 똑같은 추리를 하고서 그걸로 나를 협박했다는 거군요. 나는 남편의 비밀을 지키기 위해 그녀를 살해했다. 당신 생각은 그런 것이지요?"

하지만 가가 형사는 이 질문에는 대답하지 않았다. 머리를 갸우뚱하더니 혼잣말처럼 말했다.

"히로코 씨의 은행 계좌를 조사해봤더니 출처 불명의 돈 1천만 엔이 입금되어 있었어요. 뭔가 특별한 사정이 있었다고 생각할 수밖에 없겠죠."

"그 돈을 내가 줬다는 건가요?"

"돈이 들어온 걸 보면 뭔가 팔았을 가능성도 있습니다. 거기서 생각한 것이 발견된 파일의 문서가 복사본이었다는 점이었어요. 어쩌면 히로코 씨는 원본을 갖고 있었을 거예요. 그걸 누군가에게 1천만 엔을 받고 팔았다―. 그런 식으로 생각할 수 있습니다."

"만일 내가 그 원본을 사들였다면 그걸로 이 일은 깨끗이 정리되었을 거 아니에요? 그렇다면 내가 그녀를 살해할 이유는 없겠죠."

"당신 쪽에서는 그걸로 정리할 생각이었겠지요. 하지만 히로코 씨 쪽에서는 다른 식으로 받아들였는지도 모릅니다. 그 증거가 바로 이번에 발견된 파일이에요. 원본은 당신에게 건네줬지만 복사본은 따로 확보해뒀거든요. 아마 복사본도 당신과의 새로운 거래에 큰 도움이 될 거라고 생각했겠지요. 거래라는 말을 조금 전 당신이 말했던 대로 협박이라는 말로 바꾸는 것도 가능합니다."

가가 형사의 담담한 말투에 문득 공기가 농밀해지는 것 같았다. 미치요는 가슴이 답답해지는 것을 느꼈다.

<h2 style="text-align:center">4</h2>

미치요는 어떻게 대답해야 할지 궁리하다가 일단 시간을 끌어볼 마음으로 모니터 쪽에 시선을 던졌다. 여전히 총연습이 이어지고 있었다. 댄서들의 의상을 보고 그녀는 제3막이 시작되었다는 것을 알았다. 프루사 왕녀가 춤을 추고 있었다. 왕이 된 알과 재회하지만 램프의 요정이 건 마법 때문에 그는 그녀의 참모습을 보지 못한다. 그래서 그녀는 춤을 보여주는 것으로 연인의 눈을 뜨게 하려는 것이다.

그 춤을 보고 있던 미치요가 저런, 하고 내뱉으며 자리에서 벌떡 일어섰다.

"잠깐 실례할게요." 가가 형사에게 짧은 말을 던지고 미치요는 문을 열고 대기실을 나선 뒤, 빠른 걸음으로 홀로 향했다.

안으로 들어가 급하게 통로를 지나, 다리를 꼬고 앉은 사나다 옆으로 다가갔다.

"사나다 씨, 저건 어떻게 된 거예요?"

수염을 기른 사나다는 천천히 그녀 쪽으로 고개를 돌렸다.

"왜요, 마음에 안 들어요?"

"프루사의 춤 말이에요. 대체 무슨 생각으로 저렇게 바꾼 거냐고요."

"나는 이번 공연을 최상의 무대로 만들고 싶어요. 그것뿐이에요."

"그 결과가 저건가요? 사나다 씨, 당신 알기나 해요? 이 장면은 프루사가 연인의 눈을 뜨게 하려는 거예요. 왕녀다운 고귀함을 드러내서 자신이 노예가 아니라는 걸 호소하는 장면이라고요. 근데 저게 뭔가요? 마치 섹시함을 강조해서 상대를 홀리려는 거 같잖아요?"

사나다는 미치요를 올려다보며 수염으로 뒤덮인 턱을 긁적였다.

"네, 그래요. 섹시함을 강조하는 춤으로 알의 마음을 끌려는 겁니다."

미치요는 눈을 둥그렇게 떴다.

"사나다 씨, 당신 제정신이에요?"

"물론입니다."

"어떻게 그럴 수가 있어요?"

"이봐요, 미치요 씨. 당신은 남자의 마음을 끌려고 할 때 어떻게 하죠? 기품이 있다든가 지성이 뛰어나다는 것을 강조합니까? 천만에요. 알과 프루사는 연인이었어요. 남자가 옛 여자의 어떤 점을 기억하고 있을 거 같아요?"

"천박한 소리 하지 말아요."

"성적인 것을 연상시키면 천박합니까? 우리는 크리스마스 날 밤에 가족 관객을 상대로 〈호두까기 인형〉을 무대에 올리려는 게 아니라고요."

미치요는 얼굴을 찌푸리며 고개를 저었다.

"언제 바꾼 거예요?"

"결정은 이틀 전에 했어요. 하지만 내 머릿속에는 항상 이 버전이 있었어요. 이 부분만 계속 마음에 걸렸으니까요. 바꾸기를 잘 했다고 생각해요. 이걸로 스토리가 한층 탄탄해졌어요."

"……원래대로 되돌리세요."

"거절합니다. 그리고 그 원래라는 게 대체 뭡니까?"

"내가 추었던 그 〈아라비안나이트〉 말예요. 15년 전의 〈아라비안나이트〉요."

"그건 당신의 〈아라비안나이트〉겠지요. 오늘 이 무대에 올리는 건 내 〈아라비안나이트〉입니다. 그걸 잊으시면 곤란하죠."

"이런 걸 단장이 허락할 리가 없어요."

"단장의 허가는 이미 받았습니다."

"거짓말!"

"거짓말 같으면 단장을 만나서 확인해보세요." 사나다는 마이크를 손에 들었다. 그리고 마이크의 스위치를 켜기 전에 말했다. "미안하지만 불평은 나중에 해줘요. 이미 모두 다 결정된 일이니까."

미치요는 바로 코앞에서 차단기가 덜컥 내려진 듯한 느낌이었다. 그녀는 뒷걸음질을 치다가 홱 돌아서서 문을 향해 걸음을 옮겼다. 총연습은 다시 시작되었다. 댄서에게 주의를 주는 사나다의 고함소리가 튀어 날았다. 하지만 그녀는 이미 그 지시의 내용을 음미해볼 마음이 없었다.

홀을 나와 벽에 몸을 기대고 큰 한숨을 내쉬었다. 온몸에서 힘이 빠져나가는 것 같았다.

"괜찮으세요?" 옆에서 목소리가 들렸다. 가가 형사가 걱정스러운 얼굴로 서 있었다.

"아, 가가 형사……. 내내 여기 있었어요?"

"갑작스레 자리를 뜨셔서요."

"아, 그랬죠. 미안해요." 미치요는 걸음을 옮겼다. 이 형사는 자신과 사나다의 대화를 들었을까. 마음에 걸렸다. 하지만 들었건 안 들었건 관계없는 일이라고 곧바로 마음을 고쳐먹었다.

조금 전의 대기실로 돌아왔다. 모니터에는 변함없이 무대의 영상이 떠 있었다. 그녀는 모니터 스위치를 꺼버렸다. 스피커도 껐다.

갑자기 조용해진 실내에서 그녀는 의자에 앉았다.

"발레리나는 춤을 출 수 없게 되면 그 길로 끝장이에요. 모든 걸 다 잃게 되지요."

"그렇습니까?" 가가 형사도 조금 전의 의자에 자리를 잡고 앉았다. "하지만 또 다른 방식으로 꿈을 실현하고 계시잖아요?"

"아니, 이런 건 속임수예요. 나 자신을 속이고 있을 뿐이죠. 15년 전에 모두 끝이 났어요." 미치요는 테이블 위에 내던져져 있던 담뱃갑에 손을 내밀었다. 하지만 담배를 입에 물기 전에 문득 생각이 나서 말했다. "아, 그래, 아까 질문하던 중이었지. 어떤 질문이었죠?"

"히로코 씨가 당신을 협박했을 가능성에 대해 제가 잠깐 말씀드렸습니다."

"응, 그래요." 미치요는 담배를 입에 물고 불을 붙였다. 깊이 들이쉰 뒤에 가늘고 하얀 연기를 토해냈다. "가가 씨, 당신은 다른 남자들에 비해 발레에 대해 많이 아시는 것 같기는 한데, 아직 본질적인 면은 알지 못해요. 우리에게는 그 발레가 누구의 손에 의해 창작되었는가 하는 건 그다지 중요하지 않아요. 가장 중요한 건 누가 어떻게 춤추었는가 하는 것뿐이죠. 혹은 누구에게 어떤 식으로 춤추게 했는가 하는 것뿐이에요. 당신은 데라니시 도모야가 〈아라비안나이트〉의 창작자여서 무슨 큰 명예를 얻었다는 식으로 생각하는 모양인데, 그건 그리 대단한 게 아니에요. 데라니시의 이름으로 발표한 건 그러는 게 사람들에게 더 어필할 거라고 생각했기 때문이에요. 작곡가 신카와 선생도 양해해준 일이었어요."

침묵이 실내를 지배했다. 미치요가 토해낸 연기가 아주 오래도록 허공을 헤매고 있었다.

"알겠습니다. 크게 참고가 되는 말씀이었어요." 가가 형사는 수첩을 덮으며 말했다.

"이제 됐나요?"

"네. 질문은 이상입니다."

미치요는 안도의 한숨을 내쉬고 싶은 참이었다. 하지만 그것을 감추고 애써 태연한 척하며 말했다.

"기대에는 못 미친 모양이군요."

"무슨 뜻이신지?"

"사실은 이렇게 말해줬으면 좋았겠지요. 히로코를 죽인 건 바로 납니다, 라고요. 하지만 유감스럽게도 나는 범인이 아니에요."

하지만 가가 형사는 입가에 의미를 알 수 없는 웃음을 띠었을 뿐, 그녀의 질문에는 대답하지 않았다. 그 대신 그는 말했다.

"실은 한 가지 부탁이 있습니다."

"뭔데요?"

"제게 좀 보여주셨으면 하는 게 있어요. 지금 저와 함께 댁에 가주실 수 있겠습니까?"

"지금?" 미치요는 미간을 좁혔다. "진심으로 하는 말이에요? 오늘은 공연 첫날이라고요."

"공연까지는 아직 시간이 있지요? 꼭 시간 안에 돌아오실 수 있도록 하겠습니다."

"나는 사무국장이에요. 본 무대까지 시간을 맞추기만 하면 되는 게 아니라고요."

"하지만 저희도 급합니다."

"공연이 끝난 뒤로 미뤄주실 수 없어요?"

"제발 부탁드립니다." 가가는 머리를 숙였다. "만일 부탁을 들어주시지 않는다면 저희는 영장을 발부하게 됩니다. 그런 소란스러운 짓은 하고 싶지 않군요."

영장이라는 말에 미치요의 마음이 흔들렸다. 이 사람의 목적은 대체 무엇일까.

"뭘 보여달라는 건데요?"

"그건 차 안에서 말씀드리겠습니다."

미치요는 한숨을 내쉬었다. 손목시계를 보았다. 분명 첫 공연까지는 아직 시간이 있었다.

"그럼 보여드리기만 하면 되지요? 그냥 그것만 하고 다시 데려다줄 거지요?"

네, 라고 가가 형사는 고개를 끄덕였다.

미치요는 가방을 손에 들고 자리에서 일어섰다.

"한 가지 약속해요. 이런 식으로 당신이 나를 찾아오는 건 이번을 마지막으로 해줘요."

"네, 저도 그러고 싶습니다." 가가 형사는 대답했다.

부국장에게 한마디를 해두고 공연장을 나섰다. 부국장은 조금 놀란 얼굴을 했다.

가가는 차를 대기해놓고 있었다. 하지만 경찰차가 아니라 일반 승용차였다. 그가 운전할 모양이었다. 미치요는 조수석에 앉았다.

"서둘러주세요."

"네, 알겠습니다. 오늘은 길이 그리 막히지 않으니까 걱정하지 않으셔도 됩니다."

가가 형사의 운전은 신중하고 신사적이었다. 하지만 나름대로 서두르는 것 같기도 했다.

"방법 말인데요." 가가 형사가 불쑥 입을 열었다.

"무슨 방법?"

"히로코 씨가 살해되었다고 가정한다면 그 방법은 어떤 것이었느냐는 거예요." 가가는 앞쪽을 향한 채 말을 이어갔다. "조금 전에 말씀하신 대로 발코니에서 사람을 들어 아래로 떨어뜨린다는 건 쉬운 일이 아닙니다. 특히 여성에게는 어려운 일이죠."

"나는 불가능하다고 생각해요."

"네, 불가능에 가까울지도 모릅니다. 하지만 상황이 달라지면 이야기도 달라지거든요."

형사의 말에 미치요는 옆을 보았다. 그는 여전히 앞쪽을 응시한 채였다.

"조금 전에도 말씀드렸듯이 히로코 씨는 발레학원을 준비하고 있었어요. 그러기 위한 자금도 마련한 것으로 보입니다. 하지만 그녀가 준비해야 하는 것은 자금만이 아니었어요."

"무슨 말을 하려는 거죠?"

"돈만으로는 학원을 만들 수 없거든요. 가르칠 사람을 동원

할 필요가 있었던 겁니다. 히로코 씨가 유게 발레단의 몇몇 댄서에게 발레 강사 아르바이트를 부탁했다는 건 이미 확인을 마쳤습니다."

"그런 짓을……. 나는 처음 듣는 소리로군요."

정말로 처음 듣는 소리였다. 미치요의 머릿속에 그런 속닥거림에 넘어갈 만한 몇몇 단원들의 얼굴이 떠올랐다. 한결같이 댄서로서는 일류가 되기 어렵다고 생각되는 자들이었다.

"하지만……." 가가는 말을 이었다. "아르바이트 교사에게만 기댈 수도 없는 노릇이지요. 히로코 씨 자신도 교사로 나서야 했을 겁니다. 하지만 히로코 씨는 발레를 그만둔 지 벌써 일 년 가까이나 되었어요. 댄서에게 그런 공백기가 얼마나 치명적인지는 아마추어인 나도 잘 압니다. 그녀는 우선 발레를 할 수 있는 몸매를 회복할 필요가 있었겠지요. 그래서 기본적인 레슨부터 매일매일 조금씩 하려고 했던 거 같아요. 이른 아침 연습실에서 히로코 씨의 모습이 자주 목격되었던 것은 그 때문이라고 생각합니다."

미치요는 입을 꾹 다물었다. 가가 형사의 말이 환영할 수 없는 방향으로 기울어간다는 예감이 들었다.

"하지만 그것만으로는 부족했어요. 히로코 씨는 어떻게든 자기 집에서 연습을 더 할 수 없을까, 생각했습니다. 하지만 막 이사한 참이라 방 정리도 안 되었고, 그런 장소가 있을 리 없지요. 그래서 주목하게 된 게 바로 발코니였습니다."

바로 앞의 신호가 빨간색으로 변했다. 가가 형사는 차를 세웠다. 그가 자기 쪽을 바라본다는 것을 미치요는 느꼈다. 하지만 그 눈을 마주할 용기가 그녀에게는 없었다.

"아니, 발코니를 활용한다는 건 아마 이사하기 전부터 정했을 겁니다. 그래서 발코니에 깔 마루를 미리 주문했어요. 연습실 바닥이 딱딱한 콘크리트여서는 몸을 다칠 우려가 있으니까요. 하긴 우리 경찰서의 과장님은 이런 얘기를 해도 전혀 감이 잡히지 않는 모양이더군요. 그런 좁은 곳에서 발레 연습을 할 수 있겠느냐고요. 하지만 물론 가능합니다. 당신도 당연히 아시겠지요?"

"바 레슨 말이죠?" 미치요는 어쩔 수 없이 대답했다.

"그렇습니다. 발레 연습실에는 반드시 벽에 바가 설치되어 있어요. 그 바를 잡고 하는 연습을 하루에 30분 이상 꼭 해야 한다고 책에 적혀 있더군요. 근육, 관절, 아킬레스건을 늘려주는 프리에라는 연습을 가장 먼저 해야 한다던데요."

"공부를 아주 많이 하셨네요." 미치요는 비꼬는 소리로 들리도록 한마디를 던져보았다. 하지만 마음속에 그런 여유는 없었다.

"그 발코니에는 손잡이가 있어요. 그걸 연습용 바로 쓸 수 있었겠지요. 손잡이 일부가 닳은 것도 히로코 씨가 매일 그걸 잡고 연습을 했기 때문일 거예요. 그러니까……."

신호가 파란불로 바뀌었다. 가가는 브레이크 페달에서 발을 떼고 액셀을 밟았다. 차는 미끄러지듯이 출발했다.

"그러니까"라고 그는 다시 한번 말했다. "히로코 씨는 한창 그 바 레슨을 하던 중에 아래로 떨어졌어요. 그래서 토슈즈를 신고 있었지요. 발목에 토시를 끼고 있었던 것도, 계절에 비해 옷차림이 두툼했던 것도 밤바람에 몸이 차가워지지 않도록 보호했던 거였어요."

"그렇다면 옷차림에 대한 수수께끼는 풀렸군요. 하지만 그래도 자살이라는 걸 부정할 수는 없을 텐데요. 연습 중에 충동적으로 죽고 싶은 마음이 들었는지도 모르죠."

"그럴 가능성이 전혀 없다고는 할 수 없겠지요. 하지만 우리로서는 조금 다른 가능성을 생각하고 싶군요."

"다른 가능성이라니요?"

"발레는 레슨도 중요하지만, 스트레칭도 중요하다지요. 특히 연습을 마친 뒤에는 반드시 스트레칭을 해야 한다던데요? 전통적으로 해오는 것이 한쪽 다리를 바에 얹고 하는 스트레칭이라고 들었습니다. 그러고 보면 댄서들이 그런 운동을 하는 걸 본 적이 있었어요."

미치요는 심호흡을 했다. 심장의 고동이 서서히 빨라져가는 것을 느꼈다.

좁은 차 안에 가가 형사의 목소리가 울렸다.

"발코니에서 연습을 한 히로코 씨도 당연히 마무리로는 스트레칭을 했겠지요. 다시 말하자면, 한쪽 다리를 발코니 손잡이에 얹고 있었을 거예요. 그런데 거기서 한 가지 문제가 있어요. 발코니 손잡이는 연습실의 바에 비해 너무 높았어요. 몸의 균형을 유지하기 위해 잡는 정도라면 약간 높이가 달라도 상관없지만, 발을 얹고 스트레칭을 할 때라면 너무 높아서는 힘이 들겠지요. 그래서 히로코 씨는 작은 발판을 준비했습니다. 거기에 올라간 상태에서 한쪽 다리를 손잡이에 얹고 스트레칭을 한 거예요."

"마치 직접 눈으로 보신 것처럼 얘기하시네." 미치요는 말했다. 뺨이 팽팽하게 긴장되었다. 목소리가 떨리지 않도록 조심했다.

"그 발판으로 사용된 것이 바로 발코니에 놓여 있던 빈 화분이었어요. 그걸 엎어놓으면 딱 맞는 높이가 되거든요. 화분을 뒤집어봤더니 바닥에 동그란 흔적이 있었습니다. 감식 결과, 토슈즈 흔적이라는 게 판명되었어요."

자동차는 눈에 익은 거리로 들어섰다. 이제 곧 맨션이 보일 터였다. 침착해야 해. 미치요는 스스로를 다독였다. 괜찮아. 아무리 의심을 해도 증거가 없으면 이 사람들은 아무것도 할 수 없어―.

"이만큼 말씀드렸으니 제가 무슨 얘기를 하려는지 아시겠지요? 발판에 올라간 상태에서 한쪽 다리를 발코니 손잡이에 얹는다. 이건 보기에 따라서는 지극히 불안정한 상태입니다. 그런 때, 누군가 곁에서 히로코 씨의 버티고 선 다리를 잡아 올린다면 그녀의 몸은 간단히 손잡이를 넘어가버리겠지요."

"그걸 내가 했다는 거군요?"

"우리는 범인을 찾아낼 뿐입니다." 가가 형사는 얄미울 만큼 침착한 목소리로 말했다. "우리의 추리에 의하면, 범인은 그 뒤로 쓸데없는 행동은 거의 하지 않고 즉시 도주했습니다. 하지만 딱 한 가지, 한 일이 있어요. 바로 화분을 옮긴 것이었습니다. 화분을 그대로 두면 범행 방법을 금세 들킬 거라고 생각했겠지요. 화분은 발코니 한쪽 구석에 마치 발레와는 아무 관계도 없는 것처럼 놓여 있었습니다. 그러니까 우리가 해야 할 일은 그 화분을 만진 것으로 보이는 사람을 찾아내는 거예요."

조금 전에 이 형사가 화분에 대해 이야기했던 이유를 미치요는 그제야 깨달았다. 진짜 목적은 그것이었던 것이다. 다른 이야기 끝에 무심코 던져보는 것처럼 말했지만, 실제로는 화분을 만졌는지 아닌지를 확인했던 것이다.

"아까도 말했지만 내가 그 화분에 손을 댔어요. 하지만 그건 이사하는 걸 도와주느라 집어든 것뿐이에요."

"알고 있습니다. 장갑을 꼈다고 하셨지요?"

"그래요."

"네, 그러시다면." 가가는 차의 속도를 늦췄다. 맨션 바로 옆이었다. "그때의 장갑을 좀 보여주셨으면 합니다."

5

문 밖에 가가 형사를 세워둔 채, 미치요는 방에 들어가 옷장을 열었다. 그 장갑을 꺼내 코에 대보았다. 정말로 농약 같은 게 묻었을까. 얼핏 보기에는 아무것도 묻어 있지 않은 것 같다. 하지만 가가 형사가 말한 대로 미세한 물질은 육안으로 보이는 게 아닌지도 모른다.

미치요는 장갑을 들고 현관 앞으로 갔다. 나가 보니 가가 형사 외에 또 한 명의 젊은 남자가 문 앞에 서 있었다.

"이게 그 장갑이에요."

하지만 가가 형사는 장갑을 받으려 하지 않고, 또 다른 말을 했다.

"미안하지만 지금 잠깐 히로코 씨 집에 가주셨으면 합니다만."

"히로코의 집에? 왜죠?"

"확인할 게 있어서요. 금방 끝납니다."

"이건?" 미치요는 장갑을 내보였다.

"그건 직접 들고 가시면 됩니다."

말을 마치자 가가 형사는 곧장 걸음을 옮겼다. 어쩔 수 없이 미치요는 젊은 형사와 함께 그의 뒤를 따라갔다.

엘리베이터로 한 층을 내려가 하야카와 히로코의 집으로 갔다. 왜 그런지 현관문이 활짝 열려 있었다. 노크도 없이 가가 형사가 안으로 쑥 들어섰다. 미치요도 뒤를 따라 들어갔다.

집 안에는 세 명의 남자들이 와 있었다. 모두가 형사인 것 같았다. 눈매가 그리 곱지 않았다. 그들은 미치요 쪽으로 그 날카로운 눈초리를 던지지는 않았다. 일부러 조심하는 것처럼 느껴졌다.

"자, 이쪽으로 오세요." 거실에 선 가가가 손짓을 했다.

"대체 뭘 확인하겠다는 거예요?" 집 안을 둘러보며 미치요는 물었다. 여전히 이삿짐이 박스째로 쌓여 있었다.

"저기를 좀 보세요." 가가 형사가 발코니를 가리켰다. "당신이 만졌다는 화분이 저것입니까?"

발코니 구석에 회색 화분이 놓여 있었다.

"맞아요." 그녀는 고개를 끄덕였다.

"알겠습니다. 그러면 그때 사용했던 장갑을 보여주시겠습니까?"

미치요가 장갑을 내밀자 가가는 자신이 가져가도 괜찮겠느냐고 물었다. 그러세요, 라고 그녀는 대꾸했다.

조금 전의 젊은 형사가 옆에서 나타나 장갑을 받아 들더니 냉큼 비닐봉지에 넣었다. 그 손놀림을 미치요는 불안한 마음으로 지켜보았다.

가가 형사가 발코니 쪽의 유리문을 열었다.

"잠깐 이쪽으로 와주십시오."

"뭘 하려는 거예요? 몇 번이나 말했지만, 첫 공연이 이제 얼마 안 남았어요."

"아, 금방 끝납니다. 아무튼 이쪽으로."

미치요는 어깨를 늘어뜨리고 큰 한숨을 내쉬며 그쪽으로 다가갔다.

가가는 발코니로 나갔다. "미치요 씨도 나오세요."

미치요는 발밑을 보았다. 슬리퍼가 준비되어 있었다. 그것을 신고 발코니로 나갔다.

"다시 한번 묻겠습니다." 가가가 말했다. "당신이 이사 당일에 옮겼다는 화분은 저것이 틀림없지요?"

"끈질기시네. 틀림없다고 말했잖아요?"

"네, 좋습니다."

가가는 고개를 끄덕이더니 손잡이를 등지고 섰다. 그의 등 뒤에는 붉은 저녁노을이 번지고 있었다.

"그 파일을 조사해봤더니 이상한 점이 또 한 가지가 있었습니다. 오늘 공연할 〈아라비안나이트〉에는 전혀 없는 안무가 있는 거예요. 데라니시 도모야 씨가 자신의 작품으로 발표할 때 삭제했던 것으로 보입니다. 제가 그 삭제된 부분을 발레 전문가에게 문의해봤어요."

"또 무슨 엉뚱한 소리를 하려는 거죠?"

하지만 가가는 메마른 어조로 말을 이어갔다.

"삭제된 부분은 아주 큰 도약을 포함하고 있어서 기술적으로는 물론이고 체력적으로 지극히 높은 수준이 요구되는 춤이었습니다. 그에 비해 그 당시 당신의 몸 상태는 어땠지요? 오랜 세월 혹사해온 탓에 무릎도 허리도 한계에 다다른 상태였다는 게 관계자들의 증언이었어요. 그런 점에서 나는 한 가지 가설을 세우지 않을 수 없었습니다. 즉 〈아라비안나이트〉의 춤으로 마지막 무대를 장식하고 싶었던 당신은 남편에게 난이도가 높은 부분을 삭제해달라고 한 거예요. 하지만 프리마 발레리나로 수많은 영예를 손에 넣었던 당신으로서는 그건 어느 누구에게도 알리고 싶지 않은 비밀이었겠지요. 하지만 그걸 알아본 사람이 있었습니다. 바로 하야카와 히로코 씨였어요."

가가 형사가 말을 하는 동안 미치요는 내내 고개를 저었다. 귀를 막아버리고 싶었다.

"거짓말! 어림짐작으로 지어낸 얘기예요!"

"그럴까요? 저는 그것 외에는 다른 동기가 없다고 생각하는데요."

"말도 안 돼. 나는 이만 돌아가겠어요."

"당신 집 발코니에서라면……." 가가는 대각선으로 위쪽을 향해 고개를 쳐들었다. "이곳이 잘 보이겠지요?"

"무슨 말이에요?"

"당신이 히로코 씨의 바 레슨을 목격했을 가능성이 높다는 말입니다. 날마다 지켜봤다면 연습을 얼마나 하고 어떤 타이밍에 스트레칭에 들어가는지도 파악할 수 있었겠지요."

"그래서 어쨌다는 거죠?"

"이제 슬슬 스트레칭에 접어들 시간이라고 생각되는 때를 노려 당신은 집을 나와 이 집의 벨을 눌렀어요. 히로코 씨는 연습을 중단하고 문을 열었겠지요. 잠깐 할 얘기가 있다는 정도로 말했을 겁니다. 그럴 때 히로코 씨는 어떻게 했을까. 당신을 잠깐 기다리게 하고 스트레칭을 계속했을 거예요. 댄서에게 어중간한 연습은 부상의 원인이 되니까요. 그렇게 당신이 지켜보는 가운데 스트레칭을 했어요. 그리고 그다음은 조금 전 차 안에서 말씀드린 그대로예요." 가가는 고개를 숙여 손잡이 너머를 내려다보았다. "히로코 씨가 한쪽 다리를 손잡이에 얹자마자 당신은 재빨리 다가와 그녀가 버티고 서 있던 다리를 들어 올렸어요. 아마 히로코 씨는 도움을 청할 틈도 없었겠지요. 떨어지는 데 걸리는 시간은 약 2초. 비명조차 지르지 못

했을 거라고 충분히 짐작할 수 있죠."

미치요의 심장이 한계에 가까울 만큼 크게 뛰고 있었다. 식은땀이 겨드랑이 밑으로 주르륵 흘렀다. 하지만 팔다리는 차갑게 식었다.

갑작스럽게―.

하야카와 히로코의 발목을 잡았던 순간의 감촉이 되살아났다. 그 발목 토시의 촉감. 그리고 떨어지기 직전에 내보였던 히로코의 어리둥절한 듯한 얼굴 표정.

"하지만 그, 그건 상상에 불과해요." 미치요는 가까스로 입을 열었다. "증거는 하나도 없잖아요?"

"글쎄요, 그럴까요?"

"어떻게 상상하시건 상관없어요. 나는 범인이 아니니까."

"아까도 말씀드렸지만 범인은 히로코 씨를 떨어뜨린 뒤에 화분을 옮겼습니다. 저기 있는 저 화분이에요."

"네, 그래서 저 화분에 손을 댄 사람을 찾는다는 거잖아요? 그건 좋아요. 하지만 내가 손을 댔던 건 이사할 때예요. 그 이후로 이곳에는 온 적도 없어요." 미치요는 자기도 모르게 큰 소리를 내고 있었다.

가가 형사가 팔짱을 꼈다. 후우, 긴 한숨을 토해냈다.

"데라니시 미치요 씨, 그건 거짓말입니다."

"뭐가 거짓말이라는 거예요? 나는 사실대로……."

미치요가 도중에서 말을 멈춘 것은 형사가 고개를 저었기 때문이다. 게다가 그는 딱하다는 듯한 표정을 하고 있었다.

"그건 있을 수 없는 말씀입니다."

"어째서……."

"저 화분은요." 가가 형사는 발코니 구석을 가리켰다. "거의 새것이에요. 아직 가격표도 떼지 않았습니다. 우리가 조사해본 바로는, 히로코 씨가 화분을 구입한 건 그녀가 살해되기 직전의 저녁때였어요."

"그, 그런……."

미치요의 몸 안에서 피가 거꾸로 흐르기 시작했다. 온몸이 한 순간에 후끈 달아올랐다.

"집 안에서 낡은 나무 상자가 발견되었습니다. 히로코 씨는 처음에는 그걸 발판으로 사용했어요. 하지만 아마 사용감이 그리 좋지 않았던 모양이지요. 뭔가 발판으로 쓸 만한 것이 없을까 하고 마트를 둘러보다가 이 화분을 찾아냈어요. 그래서 이사할 때는 아직 이 발코니에 화분이 없었고, 따라서 당신이 손을 댈 수도 없었어요. 하지만 당신은 이 화분을 이삿날에 옮겼다고 주장했지요. 자, 어떻게 된 건가요? 경찰견 얘기를 듣고, 나중에 손을 댔다는 걸 들키는 것보다 미리 말해버려야 의심을 받지 않겠다고 생각했기 때문이 아닌가요?"

가가의 말투는 온화했지만 그 한 마디 한 마디가 미치요의 가슴을 쿡쿡 찔렀다. 그가 지금까지 했던 말들을 미치요는 다시 한번 되짚고 있었다. 모든 것이 이 함정으로 유도하기 위한 포석이었던 것이다.

"당신의 목적은……." 미치요는 떨리는 목소리로 말했다. "내가 화분에 손을 댔다고 거짓말을 하게 만드는 것이었군요. 내가 그 거짓말을 해버린 시점에 당신은 이미 이 게임에서 이긴 거였어요."

"네, 당신의 범행은 완벽했어요. 쓸데없는 말을 지어내지도 않았고, 오히려 최대한 거짓말을 줄이려고 연구했지요. 우리는 아무리 의심스러운 사람이 있어도 결정타가 없으면 손을 쓸 수 없습니다. 바로 그 약점을 찌른 거예요. 당신을 궁지에 몰아넣기 위해서는 어떻게든 거짓말을 딱 한 개만 더 하도록 유도할 필요가 있었습니다."

미치요는 고개를 끄덕였다. 왠지 온몸에서 스르르 힘이 빠졌다.

그녀는 가가 형사를 보며 입가를 부드럽게 풀었다. 극히 자연스럽게 터져 나온 웃음이었다.

"가가 씨, 당신도 거짓말을 했죠?"

"예?"

"첫 공연 시간에 늦지 않게 나를 데려다준다고 했잖아요. 하지만 처음부터 그럴 생각은 없었죠?"

가가 형사는 미간을 좁히며 앞머리를 쓸어 올렸다.

"죄송합니다."

"내가 갈 곳은 다른 곳이겠군요."

미치요는 거실로 돌아가려고 했다. 그때 가가 형사가 "동기는요?"라고 물었다. "동기는 역시 15년 전에 연출 내용을 바꾸었다는 게 드러나지 않게 하려고?"

그녀는 뒤를 돌아보며 고개를 저었다. "아뇨."

"그럼 왜……."

"내가 감추고 싶었던 건 히로코의 요구에 단 한 번이라도 응했다는 거였어요. 그것으로 15년 전의 무대가 가짜였다는 것을 나 스스로 인정한 셈이 되어버렸죠. 나는 좀 더 의연하게 대처했어야 옳았어요."

"거짓말을 감추려고 하면 좀 더 큰 거짓말을 낳게 되지요."

"네, 인생에서도요."

미치요는 저 먼 곳으로 시선을 던졌다. 해는 완전히 떨어져버렸다.

아래로 떨어지는 막幕을 그녀는 머릿속에 떠올렸다.

차가운 작열

1

8월 1일 오후 2시 40분—.

기지마 히로미는 마트에 다녀오는 길에 다누마의 집 앞을 지나갔다.

마침 그 집 주차장에 하얀 소형차가 후면으로 들어서는 참이었다. 운전하는 사람이 다누마 미에코라는 것을 알고 히로미는 발을 멈추었다.

잠시 뒤에 미에코는 차 엔진을 끄고 운전석에서 내려왔다. 빨간 티셔츠에 회색 큐롯팬츠를 입고 있었다. 그 아래로 쭉 뻗은 다리는 하얗고 가늘었다.

미에코 쪽에서도 히로미를 알아본 모양이었다. 그녀를 보는 눈이 조금 큼직해졌다.

"미에코 씨, 지난번에는 고마웠어요." 히로미가 말을 건넸다.

"네?" 미에코는 무슨 말인지 알아듣지 못한 듯 어리둥절한 얼굴을 했다.

"그거요, 쓰레기봉투."

그래도 얼른 생각나지 않는지 몇 초쯤 지나서야 아하, 하고 입을 뻐끔 벌렸다.

"아이, 별일도 아니었는데요, 뭐." 그리고 입가에 웃음을 지었다.

"아니, 정말 고마웠어요. 어떻든 미안해요. 대체 누구네 고양이가 그랬는지, 원."

며칠 전, 히로미가 이른 아침에 내놓은 쓰레기봉투가 찢어져서 주위에 흩어진 일이 있었다. 쓰레기차가 오기 전이었다. 그걸 보고 새 쓰레기봉투를 가지러 안에 들어가려는데 이웃집의 다누마 미에코가 나와서 쓰레기봉투의 찢어진 부분에 포장용 테이프를 붙여주었던 것이다.

"차 타고 쇼핑 다녀오는 길이에요?" 주차장 쪽을 바라보며 히로미가 물었다. 소형차의 보닛 아래로 에어컨 물이 똑똑 떨어지고 있었다.

"아뇨, 그냥 잠깐 나갔다 온 길이에요."

"그랬구나. 어쨌든 차가 있으면 편리하겠어요. 특히 이런 날에는." 히로미는 손바닥으로 얼굴에 부채질을 해가며 말했다. 그녀의 집에도 자가용이 있지만 남편이 회사에 타고 가버렸다.

히로미는 좀 더 이야기하고 싶었지만 미에코 쪽은 무슨 볼일이 있는지 약간 불안한 기색으로 현관과 자동차 쪽을 흘끔흘끔 돌아보고 있었다. 쓸데없이 수다를 떨고 있을 여유가 없다는 눈치였다.

"그럼 또 봐요." 머리를 한 차례 숙이고 히로미는 걸음을 옮겼다. 이마에서 흐른 땀이 눈에 스몄다. 초등학생 아들이 마시는 1.5리터짜리 우롱차가 무거웠다. 게다가 오늘은 5킬로그램의 쌀부대까지 있었다. 슈퍼마켓 봉투가 손가락을 파고들었다.

오후 3시 10분—.

나카이 도시코는 평소의 경로를 따라 신문대금을 수금하러 동네를 돌고 있었다. 햇볕이 쨍쨍해서 아스팔트 길바닥만 쳐다봐도 눈이 시큰했다. 챙 넓은 하얀 모자를 쓰고 있었지만 그래도 머리가 타버릴 것처럼 뜨거웠다.

'다누마'라는 문패가 붙은 집 앞에서 그녀는 발을 멈추었다. 이 집은 조간신문만 본다.

그녀는 작은 문기둥에 붙은 인터폰 차임벨을 눌렀다. 이 집

부인은 분명 젊은 여자였다. 아직 어린 아기가 있어서 일하러 못 나간다고 툴툴거린 적이 있었다. 그래서 집을 비우는 일은 거의 없었다. 자동차도 주차장에 세워져 있었다.

하지만 결과는 나카이 도시코의 기대를 배반하는 것이었다. 아무리 기다려도 응답이 없었던 것이다. 확인차 다시 한번 차임벨을 눌러봤지만 마찬가지였다.

이 무더위에 또다시 와야 한다고 생각하니 짜증이 났지만 어쩔 수 없는 일이었다. 그녀는 헌 신문을 담는 주머니와 신문사가 발행한 책자를 우편함에 넣어주고 다음 집을 향해 걷기 시작했다.

오후 7시 5분―.

다누마 요지는 길 위에서 사카가미 가즈코와 몇 마디 말을 나누었다.

그녀는 근처에 사는 주부였다. 나이는 마흔 살 전후쯤일까. 요지 자신은 딱히 친한 사이가 아니었지만 아내 미에코는 곧잘 그녀와 길에 서서 수다를 떨곤 했다.

가즈코는 집 정원에 물을 주고 있는 참이었다. 한여름이라도 7시를 넘어서면 아무래도 날이 어둑어둑해지는데, 아마 그것이 그녀의 습관인 모양이었다. 햇볕에 얼굴이 탈까 봐 일부러 늦은 시간에 물을 준다는 게 아내 미에코의 추리였다.

"안녕하세요?"라고 다누마 요지는 인사를 건넸다. "오늘도 무척 더웠지요?"

"예, 정말 더운 날씨였어요." 사카가미 가즈코는 화분에 물을 주며 대답했다.

그 뒤에 요지는 누구와도 만나는 일 없이 자기 집 앞에 도착했다. 역에서 가까운 곳이지만, 상점이 줄을 선 역 앞 거리와는 대조적으로 역 뒤편에 해당하는 이쪽 주택가는 사람의 통행이 적었다. 아스팔트가 녹아내릴 듯한 한여름에는 특히 더 그랬다.

그의 집은 외관만 봐서는 오늘 아침 나왔을 때와 하나도 달라진 게 없는 것 같았다. 20평 남짓한 땅에 세워진 집에는 모양새뿐인 앙증맞은 대문, 그리고 화분 몇 개만 놓으면 가득 차 버리는 좁은 마당이 딸려 있었다. 재작년에 30년 상환의 대출을 받아 구입한 집이었다.

요지는 바지 호주머니를 뒤적여 집 열쇠를 꺼냈다. 열쇠는 세 종류였다. 현관용 열쇠 두 개와 뒷문 열쇠 하나. 하지만 현관에 달린 두 개의 자물쇠도 평소에는 한 개만 잠갔다. 그 구멍에 열쇠를 끼워 넣는 데 적잖이 힘이 들었다. 현관 등이 켜져 있지 않았기 때문이다.

열쇠를 빼고 문을 열었지만 집 안도 컴컴했다. 평소 같으면 부엌 쪽에서 "어서 와요"라는 미에코의 목소리가 들려올 터였다. 그리고 뒤를 이어, 이제 곧 돌을 맞이할 유타가 동그스름한 얼굴을 방문 너머에서 내밀 참이었다.

하지만 오늘은 그 둘 중 어느 누구의 환영도 받을 수가 없었다. 요지는 잠시 생각해본 뒤에 안을 향해 큰 소리를 냈다.

"여보, 미에코!"

하지만 대답은 없었다. 그의 목소리가 좁은 복도에 메아리칠 뿐이었다. 그는 현관 등을 켜고 다시 한번 안쪽의 어둠을 향해 불러보았다.

"미에코, 없어?" 옆집까지 들릴 만큼 큰 목소리였다.

이번에도 역시 대답은 없었다. 요지는 구두를 벗고 우선 거실로 가서 불을 켰다. 테이블 위에 유리컵 하나와 조간신문이 놓여 있었다. 좁은 마당으로 난 유리문에는 레이스 커튼이 걸혀 있었다. 바깥에서 훤히 보일 거라고 그는 생각했다.

가방을 거실 의자에 내려놓고 그는 옆방으로 들어갔다. 그곳의 전기불도 켰지만 미에코와 유타의 모습은 없었다. 구석에 놓인 아기 침대에는 타월 담요가 젖혀진 채 깔려 있고, 방 바닥에는 곰 인형이 아무렇게나 놓여 있었다.

요지는 복도로 나가 욕실 문을 열었다.

그곳에 미에코가 쓰러져 있었다.

2

여러 명의 수사원들이 좁은 집 안을 돌아다니고 있었다. 제복을 입은 사람, 입지 않은 사람, 젊은 사람, 나이 든 사람, 제각각이었다. 다누마 요지는 거실 의자에 앉아 그들의 모습을 멍하니 눈으로 좇고 있었다. 누가 무엇을 조사하는 것인지, 조사한 내용은 어떤 형태로 정리되는 것인지, 그로서는 전혀 알 수 없었다.

요지가 경찰에 신고를 하고 약 40분이 지나가고 있었다. 그는 이 모든 것이 악몽 속의 일인 것만 같았다.

미에코는 죽어 있었다. 절명하고 충분히 시간이 지났다는 것을 보여주듯이 몸은 차갑게 굳어 있었다. 그래도 요지는 그녀의 이름을 불렀다. 부르면서 몸을 흔들었다. 혹시나 기적적으로 숨이 돌아올지도 모른다고 생각했기 때문이다.

"다누마 씨." 복도 쪽에서 부르는 소리가 났다.

그쪽으로 고개를 돌리자 키가 크고 윤곽이 짙은 얼굴의 형사가 서 있었다. 침착하면서도 빈틈이 전혀 보이지 않는 날카로운 눈빛의 남자였다. 나이는 30대 초반쯤일까.

"잠깐 2층으로 가실까요?"

요지는 고개를 끄덕이고 자리에서 일어섰다. 온몸이 납덩이를 매단 것처럼 무거웠다.

2층에는 방이 세 개 있었다. 3평짜리 큰방 하나, 2평이 채 안 되는 작은방 두 개였다. 큰방은 부부 침실, 작은방은 아이들 방으로 쓸 생각이었다. 유타 외에 아이를 하나 더 낳을 계획이었던 것이다.

형사는 작은방 입구에서 멈춰 섰다. 그리고 "이쪽으로"라면서 요지에게 손짓을 했다. 요지는 방 앞에 서서 새삼스럽게 안을 들여다보았다.

방이 난장판이 되어버렸다는 건 경찰에 전화한 뒤에야 알았다. 옷장 서랍이 모조리 열렸고, 그 안의 옷가지며 속옷 등속이 여기저기 흩어져 있었다. 그리고 미에코의 화장대 서랍도 뒤엎어졌다. 실은 다누마가의 귀중품은 거의 대부분 그 화장대 서랍에 들어 있었던 것이다.

"예금통장이 없어졌다고 했지요?" 형사가 물었다.

"예. 그리고 현금도 조금." 요지는 대답했다.

"현금은 어디에 있었어요?"

"화장대 한가운데 서랍에요. 아내가 거기에 생활비로 넣어뒀을 거예요."

"액수는?"

"아마 10만 엔쯤……. 아니, 좀 더 적었을지도. 지난달 말에 은행에서 10만 엔을 찾아왔는데, 그중 얼마쯤을 오늘까지 썼을 테니까요."

"그 밖에 다른 귀중품은 확인해보셨어요?"

"귀중품이래야 별로 대단한 건……." 요지는 의미도 없이 주위를 둘러보았다.

"꼭 돈이 아니어도 괜찮아요. 중요한 서류나 희귀한 물품, 아무튼 도둑맞으면 곤란할 물건은 없었어요?"

"아뇨, 그런 건 없었어요."

아내와 아이가 자신에게는 가장 큰 귀중품이었다고 말하려다가 그 말을 꿀꺽 삼켰다. 여기서 말해봤자 별수도 없는 일이었다.

"그럼 저쪽 서랍에는……." 형사가 옷장을 가리키며 말했다. "평소에 어떤 것들이 들어 있었죠?"

"평소고 뭐고, 그냥 의류뿐이에요. 여기 바닥에 흩어진 옷가지들이 다 거기 들어 있었어요."

"확실해요?"

"예, 확실해요."

형사는 고개를 끄덕이며 짙은 양쪽 눈썹을 찌푸렸다. 그러자 눈과 눈썹의 간격이 바짝 당겨져서 외국인 같은 생김새로 보였다.

아무튼 형사는 뭔가 이해가 안 된다는 눈치였지만, 무엇이 마음에 걸리는 건지 요지로서는 전혀 짐작이 가지 않았다.

이윽고 형사는 고개를 들었다. "오늘 아침에 아드님하고 만나셨어요?"

"만났습니다." 돌도 안 된 어린아이에게 만난다는 표현은 좀 이상하다고 생각하면서 요지는 대답했다.

"그때 어떤 옷을 입고 있었는지 생각납니까?"

"글쎄요, 하얀색 옷이었던 걸로 기억하는데요."

"아, 잠깐 이쪽으로." 그렇게 말하고 형사는 옆방 문을 열었다.

옆방에는 옷장과 서랍이 달린 작은 가구가 놓여 있었다. 형사는 가장 위쪽 서랍을 열었다. 그곳에는 유타의 옷이 들어 있었다.

"아드님의 의류는 모두 이곳에 넣어둔 모양이지요?" 키가 큰 형사는 물었다.

"네, 아마 그럴 겁니다."

"그러면 옷장 안을 살펴보고 어떤 옷이 눈에 띄지 않는지 알려주시죠. 이곳에 없는 옷이 현재 아드님이 입고 있는 옷일 테니까요."

아, 그렇구나, 하고 요지는 서랍 안을 뒤적이기 시작했다. 그곳에는 여러 벌의 아기 옷이 채워져 있었다. 거의 새것이나 마찬가지인 옷도 많았다. 요지가 한 번도 본 적이 없는 것도 있었다.

"아마 파란 코끼리 그림이 그려진 옷일 거예요." 요지는 문득 손을 멈추고 말했다.

"파란 코끼리?"

"예, 흰 바탕에 파란 코끼리 그림이 가슴쯤에 크게 그려져 있어요. 얼마 전에 사 온 건데, 아내가 마음에 들었는지 자주 입혔습니다."

형사는 요지가 한 말을 수첩에 기록했다. 그동안 요지는 창문으로 바깥을 바라보았다. 수사원들이 집 주위를 돌아다니고 있었다.

"아, 그리고 또 한 가지." 형사가 다시 말을 건네왔다. "아기를 항상 이 방에서 재웠어요?"

"예?"

"이 방에서 아기를 재웠느냐고요. 오늘은 여기서 잔 것 같은데요."

"아, 예, 그랬나요?" 요지는 둘레둘레 주위를 둘러보았다. 형사가 왜 그런 걸 물어보는지 알 수 없었다.

"여기에 두툼한 타월 담요가 깔려 있었거든요." 형사는 창문 옆의 바닥을 가리켰다. "마침 한 살쯤의 어린아이를 눕힐 수 있는 크기로 접혀 있었어요. 그리고 작은 베개도 놓여 있었고. 모발을 채취하려고 이미 회수해 갔지만요."

"아, 예." 요지는 무의식중에 턱을 비볐다. "그랬습니까? 그럼 여기서 낮잠을 잤던 모양이네요."

"왜 그랬을까요?" 형사는 고개를 갸웃하니 기울였다. 여전히 눈빛은 날카로웠다.

"왜냐니, 뭐가요?"

"1층 방에 아기 침대가 있던데요. 왜 거기서 재우지 않았을까요?"

"글쎄요……."

적절한 대답이 떠오르지 않았다. 게다가 이 형사가 왜 그런 것에 집착하는지도 알 수 없었다.

"저, 그게 뭔가 문제가 되나요?" 요지 쪽에서 먼저 물어보았다.

"아뇨, 딱히 문제가 되는 건 아니지만……." 형사는 다시금 미간을 찌푸리며 좁은 방 안을 둘러보더니 창문 쪽을 흘끔 쳐다보고 마지막으로 요지의 얼굴로 시선을 돌렸다. "몹시 더웠을 텐데 아무래도 이상하다 싶어서요. 이 방은 에어컨도 없고 창문도 닫혀 있었다고 하던데. 오늘 같은 날씨에 한낮에는 찌는 듯이 덥잖아요. 훈김이 나는 목욕탕처럼."

"아, 그거요?" 요지는 크게 고개를 끄덕였다. "물론 덥지요. 그래서 아이가 이 방에서 잘 때는 저쪽 침실 에어컨을 켜요. 문을 모두 열어놓으면 이쪽에도 시원한 바람이 들어오거든요. 아무튼 집이 좁으니까요. 에어컨 바람이 직접 닿아서 감기 걸릴 일도 없고, 아이를 재우기에는 마침 적당합니다."

"하지만 아기 어머니가 1층에 있었으니까 그쪽에서 재우는 게 지켜볼 수 있어서 더 좋았을 텐데요."

"잠깐 내려갔다가 다시 올라오려고 했겠지요."

"무엇 때문에?"

"빨래를 널려고 내려갔다든가……."

"아, 그러고 보니 부인이 빨래를 하려고 했던 모양이에요. 세탁기 안에 빨랫감이 들어 있더군요."

"그래요? 그건 몰랐네요."

"하지만 빨래하는 동안에는 계속 1층에 있을 거고, 그렇다면 굳이 2층에서 재울 필요는 없었을 텐데. 하긴 뭐, 그리 큰 문제는 아닌지도 모르겠군요."

형사는 그렇게 말했지만 충분히 이해했다는 얼굴이 아니었다. 하지만 요지로서도 더 이상은 설명할 도리가 없었다. 실제로 어땠는지는 미에코 본인이 아니고서는 아무도 알 수 없는 것이다.

"근데 최근에 정전된 적이 있었어요?" 형사가 물어왔다.

"정전? 아뇨……. 왜요?"

"1층 전자레인지의 시계가 깜빡거리더군요. 그리고 비디오의 시각 표시도 그렇고."

"아, 그거라면……." 요지는 입술을 혀로 핥고 나서 말했다. "이삼 일 전에 전기 차단기가 잠깐 내려갔었어요. 그때 그대로 놔둔 거겠지요."

"흠, 그렇다면 이해가 되는군요." 형사는 고개를 끄덕였다.

"어이, 가가." 그때 아래층에서 부르는 소리가 들렸다.

네, 라고 키 큰 형사가 대답했다. 가가라는 게 이 형사의 이름인 모양이다.

"다누마 요지 씨하고 잠깐 이쪽으로 올래?"

"알겠습니다." 대답하고 나서 가가 형사는 요지 쪽을 보았다. "가실까요?"

요지는 고개를 끄덕이고 계단으로 향했다.

무라코시라는 백발의 경감이 그를 기다리고 있었다. 옆에는 그의 부하로 보이는 형사 두 명이 있었다. 그중 한 사람은 빈 맥주 캔을 재떨이 삼아 담배를 피우고 있었다.

"이 근처를 조사해봤는데 아기가 발견되지 않고 있어요. 계속해서 수색은 하겠지만 역시 범인이 데려갔을 가능성이 높은 것으로 보입니다." 무라코시 경감은 거실 한가운데 선 채 담담한 어조로 말했다.

요지는 이런 때에 어떻게 응해야 좋을지 알 수가 없었다. 그래도 잠깐 생각해보고 나서 물었다.

"유괴일까요?"

"지금으로서는 확실하게 말씀드릴 수가 없군요. 하지만 그것도 염두에 둘 필요는 있습니다. 우선 오늘 밤에는 수사원이 여기서 밤새 지켜보도록 해야겠어요."

"아, 네, 잘 부탁합니다."

"근데요." 경감은 약간 갈색을 띤 눈으로 요지를 보았다. "평소에 이 집에 드나든 사람이라면 누가 있을까요? 생각나는 대로 모두 다 말해주셨으면 좋겠는데."

"어떤 사람들인지, 글쎄요, 나는 낮에는 거의 집에 없었기 때문에……. 아마 슈퍼 배달이나 세탁소 사람이……."

"슈퍼, 세탁소." 경감이 따라서 외웠다. "가게 이름은 알아요?"

"네, 아마 수첩에 적혀 있을 거예요."

"그 밖에는?"

"그 밖에는……." 생각을 되짚던 참에 그는 얼굴을 들었다. "혹시 그런 사람들 중에 범인이?"

"아직은 모르지요." 경감은 고개를 저었다. "하지만 면식범의 범행일 가능성이 높습니다."

"그게 무슨 말씀이신지?"

"지금까지 알아낸 것으로 추측해보면 범인은 현관이 아니라 뒷문으로 침입한 것으로 생각됩니다. 뒷문이 열려 있었으니까요. 범인이 뒷문으로 들어왔는데 욕실에 부인이 있었다……." 잠시 뜸을 들인 뒤에 경감은 말을 이었다. "그래서 범인이 부인의 목을 졸라 살해했다. 그게 계획적인 것인지 충동적인 것인지는 아직 단언할 수 없지만, 흉기를 사용하지 않은 점을 보면 침입한 시점에는 살인할 의도는 없었던 게 아닌가. 현재로서는 그렇게 판단하고 있습니다. 하지만 그건 어찌 됐건 문제는 목을 조른 방법이에요. 부인은 앞쪽에서 목이 졸렸습니다."

"앞쪽에서?"

"그게 어떤 의미인지 아시겠습니까? 뒷문으로 갑자기 낯선 사람이 들어왔다면 누구라도 경계를 하고 대응할 태세를 취할 겁니다. 비명을 지르는 경우도 있을 거고요. 적어도 가까이 다가오는 것을 말없이 보고 있는 사람은 없어요."

"범인이 들어온 것을 알지 못했던 모양이지요. 세탁기 같은 데 신경을 쓰고 있다가……."

"그런 거라면 부인은 뒤에서 목이 졸렸을 겁니다. 하지만 앞에서 목을 졸랐고, 게다가 별로 강하게 저항한 흔적이 없는 점 등을 보면 부인은 상대에게 마음을 놓고 있다가 갑작스레 공격을 받았다고 생각하는 게 타당합니다."

"그래서 아는 사람의 범행이라는 건가요?"

"아직은 가설일 뿐이지만요." 그렇게 말하고 경감은 고개를 끄덕였다.

더 이상 질문할 것도 없어서 요지는 평소에 드나들던 사람을 생각해보기로 했다. 하지만 기껏 생각해낸 것은 청소용품 택배 서비스와 신문 수금원 정도뿐이었다.

3

잠을 잤는지 안 잤는지도 알 수 없는 상태로 요지는 다음 날을 맞이했다. 형사 두 사람이 밤새 함께 있었지만 한밤중까지도 수사에 별다른 진전은 없는 눈치였다.

"오늘쯤은 범인에게서 뭔가 연락이 올 거예요." 한 형사가 말했다. 요지는 말없이 고개를 끄덕여두었다.

이 사건에 대해 요지는 아직 아무에게도 소식을 알리지 않았다. 어린아이를 데려간 범인이 노리는 게 뭔지 밝혀지기 전까지는 최대한 조용하게 있는 편이 좋다는 무라코시 경감의 지시에 따른 것이었다. 보도 규제가 내려졌는지 텔레비전이나 신문에서도 이번 사건에 대한 내용은 전혀 보도하지 않는 것 같았다.

하지만 어차피 며칠 안으로는 모두에게 알려야 할 터였다. 아버지와 어머니, 그리고 장인 장모에게 어떻게 설명해야 좋을지, 생각할수록 요지는 머리가 아파왔다.

오후가 되자 일단 두 명의 형사는 철수했다. 그 대신 어제 만났던 가가 형사가 찾아왔다. 한자로는 '加賀'라고 쓰는 모양이었다. 그는 유타의 얼굴을 또렷하게 알아볼 수 있는 사진은 없느냐고 물었다. 어젯밤에 사진 한 장을 가져갔지만 빛이 비쳐든 것이라서 얼굴을 알아보기가 어려운 모양이었다.

"잠깐만요. 앨범이 있을 겁니다." 그렇게 말한 뒤에야 요지는 그 앨범이 어디 있는지 알지 못한다는 것을 깨달았다. 빨간 표지의 앨범이라는 건 기억하고 있었다. 유타가 태어났을 때, 축하 선물로 누군가에게서 받은 것이었다. 미에코가 일회용 카메라로 찍은 사진을 몇 장 붙여두었다. 아는 사람이 올 때마다 그녀는 그것을 꺼내 보여주곤 했다. 남의 아이 사진을 들여다봤자 무슨 재미가 있을까, 하고 요지는 무덤덤한 마음으로 그 모습을 지켜봤었다.

그 앨범을 어디에 뒀을까—.

그는 1층 방으로 가서 벽장을 열어보았다. 미에코가 잡다한 것들을 거기에 넣어두었던 게 생각났기 때문이다. 하지만 그곳에는 재봉틀이며 다리미 대, 내용물을 전혀 알 수 없는 상자와 종이봉투 등이 기막힐 만큼 차곡차곡, 거의 틈새가 없는 상태로 들어 있었다. 그중 하나를 건드리면 무너진 퍼즐처럼 원래대로 돌려놓기가 어려울 것 같았다. 그는 멍한 마음으로 우두커니 그것들을 바라보고 있었다. 자기 집 벽장이 이런 상태라는 것을 그는 처음으로 알았다. 잠깐 살펴본 정도로는 앨범이 눈에 띌 리 없다.

"찾았어요?" 어느새 곁에 와 있던 가가 형사가 말했다.

"이상하네. 어디 있지?" 요지는 혼잣말처럼 중얼거리며 벽장문을 닫았다.

그는 다시 거실로 나가 장식장 주변을 둘러보았다. 미에코가 거실 테이블에서 앨범을 펼쳐 보던 것이 생각났다. 그래서 이 근처 어딘가에 꽂혀 있을 거라고 추측한 것이다.

하지만 어디를 찾아봐도 앨범은 없었다. 여기에서도 그는 방 한가운데 우두커니 서 있을 수밖에 없었다.

"어떤 앨범이었어요?" 가가가 물어왔다.

"이 정도의 크기예요." 요지는 빈 공간에 네모를 그렸다. "빨간 표지의 앨범입니다. 유타 사진은 모두 그 앨범에 붙여뒀을 텐데."

"두께는 이 정도?" 가가 형사가 엄지손가락과 집게손가락을 3센티미터쯤 벌렸다.

"예."

"그렇다면 어제 그 방에 있었던 거 아니에요?"

"어제 그 방?"

"2층 작은방."

"그런 게 있었어요?"

"네, 틀림없어요." 가가는 고개를 끄덕였다.

요지는 가가와 함께 2층의 그 작은방으로 갔다.

"저거 아니에요?" 가가가 서랍장 위를 가리켰다. 가정용 의학서 옆에 빨간 앨범이 세워져 있었다.

"아, 그거예요!" 요지는 손을 내밀었다. "이런 곳에 있었네."

"지금까지 여기에 있다는 걸 모르셨던 모양이군요."

"사진 정리는 아내가 했거든요."

요지는 그 자리에서 앨범을 펼쳤다. 벌거벗은 유타의 모습이 불쑥 그의 눈에 뛰어들었다. 유타는 침대 위에서 평화로운 얼굴로 잠들어 있었다.

가슴에 뭔가가 치밀었다. 그것은 순식간에 그의 눈물샘을 자극했다. 하지만 그는 애써 눈물을 참았다. 여기서 울 수는 없다. 울기에는 아직 이르다. 아직 유타의 안부는 확인되지 않은 것이다.

그는 지극히 사무적으로 앨범 속에서 세 장의 사진을 골라냈다.

"이런 사진은 어떨까요?"

"좋아요. 고마워요." 가가가 인사말을 했다.

"근데요, 그 뒤로 뭔가 알아낸 게 있습니까?"

요지가 물어보자 가가는 가만히 고개를 저었다.

"목격자 정보 등을 수집하는 중인데 아직 이렇다 할 단서는……."

"그렇군요……."

"하지만 틀림없이 뭔가 나올 겁니다."

가가는 상의 호주머니에 손을 넣어 담뱃갑을 꺼냈다. 아직 비닐도 뜯지 않은 새 담뱃갑이었다.

"아, 미안하지만 재떨이는 어디 있어요?"

"없어요. 우리 집은 둘 다 담배를 피우지 않아서요."

"그래요? 그렇다면 참기로 하죠." 가가는 담뱃갑을 다시 호주머니에 넣었다. "아무튼 문제는 범인이 어떻게 나오느냐는 겁니다. 유타 군을 데려간 걸 보면 분명 뭔가 목적이 있을 거예요. 승부는 이제부터 시작이에요."

"네, 그렇다면 좋겠는데." 요지는 그런 정도로 대답해두었다.

가가가 돌아간 뒤, 그는 다시 2층에 올라가 조금 전의 앨범을 펼쳤다. 미에코가 찍어준 사진이 잔뜩 붙어 있었다. 그는 여태까지 그런 걸 찬찬히 들여다본 일도 없었다.

잠을 자는 유타, 앙앙 우는 유타, 벙실벙실 웃는 유타의 모습이 그곳에 있었다. 사진에 찍힌 건 유타뿐이지만, 아들에게 카메라를 향하고 있는 미에코의 웃는 얼굴까지 함께 찍혀 있는 것만 같았다. 다시 뜨거운 것이 가슴에 뭉클하게 치밀었다.

미에코와는 사내 결혼이었다. 부서는 달랐지만 회사에서 주최한 하이킹 대회에서 서로를 알게 되었다. 둘 다 여행을 좋아해서 연애 중에는 여기저기 놀러 다녔다. 몇 박 며칠로 여행한 일도 여러 번이었다.

가장 행복한 시절이었다고 요지는 생각했다.

결혼한 뒤로는 한 번도 여행다운 여행을 하지 못했다. 곧바로 미에코가 임신했기 때문이기도 했다. 유타가 태어나자 잠간 밖에 나가는 것도 힘이 들었다.

원래 그렇게 빨리 아이를 낳을 계획은 없었다. 한참 동안 둘만의 신혼생활을 즐기고 그다음에나, 라고 생각했었다. 그래서 미에코가 임신했다는 것을 알았을 때는 낙태도 생각했었다. 실행에 옮기지 않은 것은 둘 다 그리 젊은 나이가 아니라서 다음에 아이를 원했을 때 반드시 생길 것이라는 보증이 없다는 이유 때문이었다.

유타가 태어나면서 그 재롱을 지켜보는 기쁨도 있었지만, 포기할 수밖에 없는 일도 적지 않았다. 두 사람만의 여행도 그중의 하나였다.

그래도 이것이 이른바 행복한 가정일 거라고 요지는 생각했다. 집이 있고 아이가 있다. 사치할 정도는 아니지만 안정된 수입도 있다. 불만을 가질 일이라고는 아무것도 없을 터였다.

앨범 중간쯤부터 유타의 사진으로 채워졌어야 할 자리가 텅 빈 공간으로 남아 있었다. 가장 최근의 사진에 찍힌 날짜는 약 두 달 전이었다.

―나도 뭔가 재미있는 게 있어야 할 거 아냐!

미에코의 목소리가 귓가에 되살아났다.

4

장례식은 사건이 일어나고 3일 후에 치렀다. 부검 절차 때문에 조금 늦어진 것이다. 사건에 대해서는 어젯밤에 경찰 발표가 있었다.

당연한 일이지만 이번에는 미에코의 장례뿐이었다. 그래도 참석자들 모두가 엄마와 아들 두 사람 몫의 장례라고 생각한다는 건 그 얼굴 표정을 보면 잘 알 수 있었다.

사이타마에 사는 요지의 어머니는 장례 전날 밤, 집에 들어서면서부터 내내 눈물바람이었다. 며느리의 죽음을 슬퍼한다기보다 손자의 비보를 예감하고 흘리는 눈물이라는 건 명백했다.

그 3일 동안 결국 범인에게서는 아무 연락도 없었다. 형사들도 분명하게 말은 하지 않았지만 이제 슬슬 아이의 사체가 발견될 거라고 예상하는 눈치였다. 집에서 밤샘을 하던 형사들도 간밤에 전원이 철수했다.

다누마 요지가 장례를 마치고 집에 돌아온 것은 오후 6시가 지났을 즈음이었다. 해가 기울어도 대지가 내뿜는 열기는 그대로인 것 같았다. 그는 상복 상의를 접어 어깨에 걸쳤다. 손바닥에서도 땀이 나서 유골함을 감싼 보자기가 축축해졌다.

집 앞에 한 남자가 서 있었다. 가가 형사였다. 그도 상의를 벗어 오른손에 들고 있었다. 반소매 셔츠 밖으로 튀어나온 팔뚝이 땀으로 번들거렸다. 운동으로 다져진 몸이라고 요지는 멍하니 생각했다.

"수고하셨습니다." 가가가 조문 인사를 건네며 말했다.

"여기서 계속 기다렸어요?"

"아뇨, 조금 전에 왔어요. 두세 가지 물어볼 게 있어서."

"그렇군요. 잠깐 들어오시죠." 요지는 열쇠를 꺼내며 낮은 대문을 밀었다.

집 안에 들어서자마자 우선 거실 에어컨부터 켰다. 이곳과 2층 침실에 에어컨이 있었다.

위패와 유골함은 일단 1층 방에 두기로 했다. 이 집 안에는 불단이 없다. 하지만 이제는 사야 한다고 요지는 생각했다. 딱히 특정한 신앙이 있는 건 아니었다.

"아이에 관한 새로운 정보는 유감스럽지만 아직 없습니다." 거실 의자에 앉아 가가가 말했다.

"그래요……." 요지는 힘없이 대답하고, 검은 넥타이를 풀었다. 그리고 바닥에 책상다리를 하고 앉았다. 온몸이 노곤했다. 목이 말랐지만 냉장고까지 갈 기운도 없었다.

"근데 신문 수금원이 그날 이쪽 지역을 돌았다는군요."

"수금원? 몇 시쯤인데요?"

"오후 3시쯤이었대요. 차임벨을 눌러도 대답이 없어서 집에 없는 모양이라고 생각했다는데."

"그때는 집에 없었을까요?"

"아, 그건 아니에요." 가가는 수첩에 눈을 떨구었다. "그 조금 전인 2시 반쯤에 이웃 아주머니하고 부인이 이야기를 나눴어요. 그 아주머니 말에 따르면, 부인이 자동차를 타고 어디에선가 돌아오는 길이었다는군요."

"그러면……." 요지는 침을 꿀꺽 삼켰다. "신문 수금원이 왔을 때는 아내가 이미 살해된 뒤였다는 건가요?"

"지금으로서는 그런 의견이 유력하죠." 형사는 신중한 말투였다.

"오후 3시……." 요지는 생각을 굴렸다. 그때 나는 무엇을 하고 있었는가.

"부인은 차를 타고 어디에 갔었을까요?"

"글쎄요, 쇼핑하고 온 거 아닐까요?"

"하지만 그 아주머니에 의하면 장바구니 같은 건 없었고 그냥 잠깐 나갔다 오는 길이라고만 말했다는군요. 그냥 잠깐, 이라고 하면 어디일까요?"

"잘 모르겠어요. 은행이나 구청, 아니면 우체국 같은 데 아닐까요?"

"하지만 그런 곳은 모두 걸어서 갈 수 있어요. 굳이 차를 타고 갈까요?"

요지는 잠깐 생각해본 뒤에 말했다. "요즘 날씨가 워낙 더우니까요."

"하긴 그럴 수도 있겠네요." 가가도 고개를 끄덕였다. "그러면 그런 곳에 갈 만한 용건에 대해 짐작 가는 건 없어요?"

"집안일은 아내가 도맡아서 했기 때문에 나는 전혀……. 미안합니다." 요지는 형사의 얼굴을 쳐다보지 않고 머리를 꾸벅 숙였다.

"어느 집이나 남편들은 그런 말을 하더라고요."

"요즘 들어 계속 회사 일에 쫓겼거든요." 입 밖에 낸 뒤에야 너무나 빤한 변명이라는 것을 요지는 깨달았다.

"실은 부인이 낮에 외출했던 게 그날 하루만이 아닌 거 같아요."

"그건 무슨 말씀이신지……."

"차를 타고 외출하는 걸 이웃 사람들이 자주 목격했어요. 사건 전날에도 나갔던 모양이던데."

"그건 정말로 쇼핑이었겠지요. 저녁 반찬거리라도 사러 갔던 거 아니겠습니까?"

"아뇨, 그건 아닐 거예요."

가가의 단정적인 말투에 요지는 당황했다. 그가 눈만 껌뻑거리고 있자 가가 형사는 마술의 비밀을 밝히듯이 테이블 아래에서 뭔가를 꺼냈다.

그것은 슈퍼마켓 봉투였다.

"'마루이치'라는 슈퍼의 봉투예요. 이건 본 적이 있지요? 여기서 걸어서 불과 몇 분 거리의 슈퍼예요. 부인은 거의 날마다 그 슈퍼에서 장을 봤습니다. 점원이 기억하고 있었고, 저쪽 쓰레기통에서 영수증도 발견되었어요." 가가는 싱크대 옆에 놓인 쓰레기통을 가리키며 말했다.

자신이 알지 못하는 사이에 형사들이 쓰레기통까지 조사했는가—. 살인사건이 일어났으니 그 정도는 당연하다고 이해하면서도 요지는 그리 기분이 좋지는 않았다.

"어떻습니까, 부인이 낮에 어디에 갔었는지 짐작되는 게 있습니까?"

"글쎄요, 그건 좀……." 요지는 고개를 갸웃거리며 침을 꿀꺽 삼켰다.

"부인이 외출했다면 당연히 유타도 데려갔겠지요?"

"그야 그렇죠."

"그러면 갈 수 있는 곳은 몇 군데뿐이에요. 이 일본이라는 나라는 아직 아이를 데리고 돌아다니기가 어려운 곳이니까요."

요지는 말없이 턱을 끄덕였다. 미에코도 곧잘 그런 말을 했었다. 아기를 데리고는 어디에도 갈 수가 없어. 세련된 부티크도 멋진 레스토랑도 영화관도 모두 다 포기해야 한단 말이야—. 그리고 마지막에 이렇게 덧붙이곤 했다. 당신은 좋겠네, 귀찮은 일은 전부 나한테 떠맡기고.

"어때요?"

"예?"

"그러니까 부인이 갈 만한 곳이 어디인지."

"아, 예." 요지는 턱을 만지작거렸다. "미에코와 친했던 사람들에게 물어볼게요. 뭔가 알지도 모르니까요."

꼭 그렇게 해달라고 가가는 말했다.

이것으로 볼일이 끝난 모양이라고 요지가 생각했을 때였다.

"공작기계 회사에 다닌다고 하셨지요?" 가가가 문득 화제를 바꾸었다. "이타바시의 공장에서 서비스 엔지니어로 일하신다고 들었는데."

"아, 예."

왜 내 회사 일에 대해 묻는 것일까, 하고 요지는 생각했다.

가가는 수첩을 펼쳤다.

"사건 당일, 당신이 아침 일찍 치바의 거래처에 나갔다가 공장에 돌아온 게 오후 2시쯤. 그다음에는 3시에 오미야의 아시다 공업에 갔다가 6시 반에 다시 공장에 돌아왔군요. 그리고 옷을 갈아입고 귀가. 이 내용에 틀림은 없습니까?"

요지는 저도 모르게 눈을 둥그렇게 떴다. 얼른 말이 나오지 않았다. 그런 그의 모습을 보며 가가 형사는 미안하다는 듯 머리를 숙였다.

"회사 쪽에 문의했어요. 아무래도 불쾌하시겠지만 일단 관계자 전원의 움직임을 파악해두는 게 수사의 원칙이라서."

"아뇨, 불쾌할 건 없어요." 요지는 이마의 땀을 손등으로 닦았다. "그날 일은 잘 생각이 안 나지만, 회사 쪽에 문의해보셨다면 틀림없을 겁니다. 우리 스케줄은 모두 회사에서 관리하니까요."

"예, 정확히 기록이 남아 있었어요." 그리고 가가는 고개를 갸우뚱 기울였다. "단지 한 가지 확인해둘 게 있는데요."

"뭔데요?"

"회사 사람 이야기로는 다누마 씨는 아시다 공업에 나갔다가 그길로 집에 가겠다고 말했다고 하더군요. 갈아입을 옷도 가져갔다고 하던데. 그건 사실인가요?"

"그건……." 요지는 그때의 기억을 더듬었다. "내가 그런 말을 했는지도 모르겠군요. 하지만 그런 일은 자주 있어요."

"하지만 실제로는 회사에 다시 돌아왔지요?"

"잠깐 볼일이 생각나서요. 길을 별로 멀리 도는 것도 아니고, 곧바로 집으로 오면 업무용 차를 둘 데도 없거든요."

"아, 그래요, 외부에 나갈 때는 자동차를 타고 갔다고 하더군요. 옆구리에 회사 이름이 찍혀 있는 차. 직접 보고 왔습니다."

무엇 때문에 그런 것까지, 라고 생각했지만 요지는 아무 말도 하지 않았다.

　"그런데요." 가가는 다시 말했다. "그 아시다 공업에 문의해봤더니 다누마 씨가 왔던 게 5시쯤이라고 했어요. 3시에 이타바시의 회사를 나와 오미야의 아시다 공업에 5시에 도착했다……. 하지만 보통 30분 정도면 갈 수 있는 거리잖아요? 시간이 꽤 많이 걸린 거 같은데 중간에 어딘가 들렀습니까?"

　"아, 그게, 서점에 잠깐."

　"서점? 어느 서점이죠?" 가가는 수첩과 펜을 들고 메모할 자세를 취했다.

　"17호선 근처의 서점이에요." 요지는 그 장소를 말했다. 이따금 이용하는 대형서점이었다. "아시다 공업에서 딱히 시간을 정해놓고 오라고 한 것이 아니었기 때문에 잠깐 한숨 돌리려고 들렀어요. 그런 얘기, 남한테 내놓고 말할 수는 없지만."

　"어떤 책을 샀어요?"

　"아뇨, 그날은 책은 안 샀는데."

　요지의 말을 기록하는지 가가는 열심히 수첩에 뭔가를 적어넣고 있었다.

　저기요, 라고 요지는 말했다. 형사가 얼굴을 들었다. 그 날카로운 눈빛을 마주보며 요지는 물어보았다. "혹시 나를 의심하는 건가요?"

"당신을?" 가가는 몸을 슬쩍 뒤로 젖혔다. "왜요?"

"아니, 너무 지나치게 캐고 있잖아요? 회사뿐이라면 괜찮지만 거래처 쪽까지 조사한다는 건 좀."

"조사할 때는 철저히 해야 합니다. 이건 딱히 다누마 씨에 관해서만 그런 게 아니에요." 형사는 아주 조금 뺨을 풀었다. 계산된 웃음이라고 생각할 수도 있는 표정이었다.

"정말입니까?"

"정말이에요."

그렇게 대답해버리니 요지로서는 항의할 수도 없었다.

"마지막으로 한 가지만 더 물어봐야겠는데." 가가가 집게손가락을 바짝 세웠다.

"뭐지요?"

"욕실에 쓰러져 있던 부인의 옷차림이 기억납니까? 하얀 티셔츠에 큐롯팬츠 차림이었는데."

"예, 그런 옷이었던 거 같아요."

"바로 그 점인데, 좀 이상한 게 있어요." 형사가 수첩을 펼쳤다. "조금 전에 말했죠, 부인이 이웃집 아주머니와 얘기했었다는 거? 그 아주머니의 말에 의하면 그때 미에코 씨의 옷차림은 빨간 티셔츠였어요. 선명한 색깔이라 똑똑히 기억난다, 절대로 틀림없다고 했습니다. 근데 살해되었을 때는 하얀 티셔츠로 바뀌었어요. 이건 대체 어떻게 된 걸까요?"

형사의 말을 들으며 요지는 무의식중에 양쪽 팔뚝을 비볐다. 에어컨 바람이 지나치게 강한 것도 아닌데 소름이 돋고 있었다.

"집에 들어온 뒤에 갈아입었겠지요. 날이 더워서 바깥에서 땀을 많이 흘렸을 테니까요."

"하지만 자동차에는 에어컨이 있잖아요?"

"그 차가 좀 오래됐거든요." 요지는 말했다. "에어컨도 아마 고장 났을 거예요."

"그래요? 이런 무더위에, 거참, 힘들었겠네."

"뭐, 고장이 났어도 전혀 안 되는 건 아니니까요." 말을 하면서 정말 쓸데없는 소리만 하고 있다고 요지는 스스로 생각했다.

"빨간 티셔츠는……." 가가 형사가 말했다. "세탁기 안에 다른 빨래와 함께 들어 있었어요. 그러니까 역시 세탁할 생각이었던 모양이지요."

세탁기 안까지 조사했단 말인가. 요지는 한층 더 암울한 기분이 들었다. 하지만 그런 속마음은 얼굴에 드러내지 않고 얼른 "예, 그랬겠죠. 아마 땀을 많이 흘렸을 거예요"라고 똑같은 말을 되풀이했다.

"하지만 이상하네."

"뭐가요?"

"빨간 티셔츠를 다른 것과 함께 빨아도 괜찮을까요? 다른 옷에 물이 들면 안 될 텐데."

아, 하고 입을 벌리며 요지가 뭔가 말하려고 했을 때 가가는 벌써 자리에서 일어서고 있었다.

"그럼 이만 실례하겠습니다." 형사는 인사를 건네고 방을 나섰다.

5

장례식 다음 날부터 요지는 회사에 출근했다. 상사는 아직 좀 더 쉬어도 괜찮다고 했지만 그가 자진해서 나간 것이다.

"집에 있어봐야 괴롭기만 해서요."

그의 말에 상사도 더 이상 위로할 말이 생각나지 않는 모양이었다.

하지만 그는 당분간 외근은 나가지 않게 해달라고 부탁했다. 단골 거래처를 상대로 실실 웃으면서 영업할 마음은 도저히 나지 않는다는 게 그 이유였다. 물론 이 부탁도 받아들여졌다.

요지는 대부분 금속 재료실이라는 부서에 틀어박혀 있었다. 단골 거래처에서 맡아온 테스트피스, 즉 납품한 공작기계로 만든 시험 가공품들을 이쪽 부실에서 분석하는 것이다. 용접품의 경우에는 그 단면을 절단하여 갈고, 나아가 부식 동판을 떠서 녹아드는 상태나 깨어짐의 유무, 금속조직의 질 등을 점검한다. 열 처리품의 경우에는 경도 분포 등도 상세히 점검하지 않으면 안 된다. 신경을 집중해야 하기 때문에 금세 어깨가 결리는 작업이지만 요지는 묵묵히 처리해나갔다. 금속 재료실에는 사람들이 자주 드나들었지만 그의 모습만은 언제라도 그곳에 붙박여 있었다.

특히 그는 손가락 끝마디보다 작은 부품의 검사를 도맡았다. 그 일거리는 딱히 급하게 처리해야 할 일도 아니었지만 대부분의 시간을 그는 그 일로 채워나갔다. 그 점에 대해 이러니저러니 잔소리하는 사람은 없었다. 연마기를 마주하고 온 정신을 집중해 시료를 연마하거나 말없이 금속 조직의 현미경 사진을 찍는 그를 보면 모두들 말을 거는 것조차 망설여지는 것이었다.

"요즘 다누마 요지 씨, 역시 정상이 아닌 거 같아."

요지가 출근한 지 이틀째 되는 날에는 그런 말을 하는 사람이 나타났다.

"계속 금속 연마만 하고 있다니까. 게다가 말 한마디 안 하고."

"역시 충격이 컸던 모양이야."

"아들이 아직도 발견이 안 되었으니 그럴 만도 하지."

"이제 다 틀렸다고 생각하는 거 아닐까?"

"그럴지도 모르지. 아무튼 어쩐지 섬뜩한 기운이 감돌아서 가까이 다가가기가 어렵더라고."

"아침에도 진짜 일찍 출근해. 내가 나오면 벌써 작업복으로 갈아입고 있어. 귀가는 가장 나중에 하고. 그거, 완전 무보수 잔업이야."

"그러고 보니 요즘에는 로커실에서 요지 씨를 통 못 보겠더라. 전에는 자주 이쪽에 나와서 실없는 농담도 잘했는데."

"지금 농담할 기분이겠어? 정말 너무 딱하다."

그 두 사람이 숙덕거리는 동안에도 다누마 요지는 금속 재료실에 틀어박혀 있었다.

6

사건으로부터 일주일이 지난 8월 8일, 요지가 역에서 집을 향해 걸어가는데 뒤쪽에서 자동차가 다가오는 기척이 들렸다. 그리고 "다누마 씨"라고 부르는 소리가 났다.

걸음을 멈추고 뒤돌아보니 감색 세단 운전석에서 가가 형사가 얼굴을 내밀었다.

"잠깐 타시죠. 함께 갈 데가 있어요."

"어딘데요?"

"그건 도착하면 저절로 알 거예요." 형사는 조수석 도어록을 풀었다. "시간은 오래 걸리지 않습니다."

"사건과 관계 있는 일인가요?"

"물론이에요." 형사는 크게 고개를 끄덕였다. "자, 어서."

도저히 거절할 수 없는 분위기여서 요지는 조수석 쪽으로 돌아갔다.

가가가 차를 출발시켰다. 레버를 다루는 손놀림이 어색한 걸 보면 분명 자기 차가 아닌 모양이라고 요지는 생각했다.

"오늘도 무척 더웠죠?" 앞을 향한 채로 가가는 말했다.

"예, 아주 녹초가 됐습니다."

"회사에는 에어컨이?"

"사무실에는 있는데 우리가 근무하는 곳은 공장이라서 스포트 쿨러밖에 없어요. 그건 바람이 닿는 곳만 시원하죠."

"어휴, 고생이 많으시네." 말을 하면서 가가는 핸들을 꺾었다.

"저어, 가가 씨, 지금 어디에 가는 겁니까?" 목소리에 불안감이 드러나지 않도록 조심하며 물었다.

"거의 다 왔어요."

실제로 그 뒤 조금 지나서 그는 차의 속도를 늦췄다. 어딘가에 세울 모양이었다.

이윽고 어떤 장소에 차가 들어섰다. 넓은 주차장이었다. 그 순간, 요지는 가가가 무슨 생각을 하는지 깨달았다. 그와 동시에 크게 심호흡을 거듭했다.

가가가 차를 세웠다. 하지만 엔진은 멈추지 않았다.

"오래 있을 것도 아니고 바깥이 아직 더우니까 엔진은 켜두기로 하지요. 환경 보호단체에서 알면 나무랄 테지만." 사이드 브레이크를 당기고 가가는 말했다.

"어째서 이런 곳에?" 요지는 물었다. 하지만 물어볼 것도 없이 이미 알고 있는 일이었다.

가가 역시 그런 요지의 마음속을 뻔히 알고 있는 듯했다.

"그걸 설명할 필요는 없을 텐데요." 온화하지만 어떤 대꾸도 허락하지 않는 자신감 넘치는 말투였다.

"무슨 소린지 나는 전혀……."

"유타의……." 요지의 말을 덮어버리듯이 가가는 말했다.

요지는 숨을 삼키며 가가 형사의 얼굴을 바라보았다. 하지만 그의 날카로운 눈빛, 그러면서도 뭔가 가엾어 하는 기색이 역력한 눈빛을 보고 요지는 얼굴을 돌려버렸다.

"아드님의……." 가가는 다시 한번 말했다. "유체가 발견됐어요."

요지는 눈을 질끈 감았다. 멀리서 큰북이 울리듯이 이명이 시작되었다. 그것은 점점 커져서 그의 마음속을 거세게 뒤흔들었다.

하지만 그것도 길게는 이어지지 않았다. 이윽고 북소리는 사라지고 하얀 허탈감만이 그의 마음속에 남았다. 그는 고개를 숙인 채 물었다. "언제요?"

"바로 조금 전입니다." 가가는 대답했다. "당신이 회사를 나온 직후에 다른 수사원이 수색에 들어갔어요. 그리고 로커실의 다누마 씨 로커에서……."

온몸의 힘이 스르르 빠지면서 당장 쓰러질 것만 같았다. 하지만 그것을 간신히 견뎌내며 요지는 말했다.

"그렇군요……."

"최근 일주일 동안 다누마 씨에게는 계속 감시가 따라다녔어요. 언젠가 틀림없이 유타가 있는 곳에 갈 거라고 생각했기 때문이죠. 사건 당일의 다누마 씨의 행동을 돌아보면, 주어진 시간이 그리 넉넉하지는 않았어요. 그 짧은 시간에 사체를 완전히 처리했다고는 생각할 수 없었죠. 일단 어딘가에 감춰뒀다가 나중에 천천히 처리하는 방법을 택했을 거라고 짐작했어요. 그런데 다누마 씨는 회사에 다시 출근하기 시작한 뒤에도 거의 회사 이외의 곳에는 가지 않았어요. 그래서 생각난 게 사건 당일 다누마 씨가 일단 회사에 돌아왔다는 것이었어요. 사체는 회사의 어딘가에, 그리고 다누마 씨 말고는 손을 댈 수 없는 곳에 감춰뒀다는 결론을 내렸죠."

"그래서 로커라는 걸……."

"하지만 아무래도 불안하기는 했어요. 이런 무더위에 로커 같은 곳에 일주일씩이나 넣어둔다면 부패해서 냄새를 감출 수가 없겠지요. 그러면 다른 직원들이 알아차리지 못했을 리 없다는 게 마음에 걸렸어요."

"그렇군요." 요지는 고개를 끄덕였다. 그날, 그 자신이 우려했던 일이기도 했다.

"하지만 발견된 유체를 보고 수사원들은 그제야 이해를 했다는군요. 동시에 감탄도 했다고 하던데."

형사가 감탄해봤자 별 볼 일도 없다고 요지는 생각하며 한숨을 내쉬었다.

"수지樹脂를 썼다면서요?"

"예, 열경화성 수지였어요." 요지는 대답했다. "업무상 자주 사용하는 것이라서."

"역시 기술업계 사람은 발상이 다르군요." 가가는 고개를 내저었다.

"그리 대단한 것도 아니에요. 나도 어쩔 줄을 모르다가 퍼뜩 생각해낸 것뿐입니다."

"익숙하게 쓰던 재료였겠군요."

"뭐, 그야 물론……."

열경화성 수지란 가열에 의해 딱딱해지는 성질을 가진 수지를 말한다. 처음에는 끈적끈적한 액체 상태지만 일단 굳으면 어떤 용매에도 녹지 않고 재가열해도 용융鎔融하지 않는다. 그런 특수한 수지를, 요지를 비롯한 기술자들은 작은 부품의 금속 조직을 관찰할 때 사용했다. 그 수지로 일단 부품을 감싸고 거기에서 관찰하고 싶은 부분을 절단하여 그 단면을 갈아보거나 금속 조직을 에칭✛ 등의 방법으로 점검해보는 것이다. 부품이 너무 작으면 절단이나 연마하기가 어렵기 때문이다.

그날—.

검은 비닐봉투에 유타의 유체를 넣어 요지는 회사 로커실로 돌아왔다. 그리고 그대로 유체를 로커에 감췄다. 그러고는 창고에 가서 낡은 양동이에 경화 전의 수지를 가득 담고 다시 어떤 특별한 액체를 몇 방울 떨어뜨려 막대기로 휘저었다. 이 액체와 수지가 반응하여 열을 내기 때문에 그 열에 수지 그 자체가 굳는 것이다.

물엿 상태의 수지를 들고 로커실로 돌아온 그는 검은 비닐봉투 속의 아들에게 그것을 머리에서부터 부어나갔다. 경화되기까지는 수 시간이 걸린다. 하지만 표면만이라도 감싸두면 우선은 부패의 냄새를 막을 수 있을 터였다. 이 작업을 그는

✛ 필요없는 부분을 부식 기법으로 제거하는 기술.

두 차례 반복했다. 즉 양동이 세 개 분량의 수지로 유타의 몸을 감싼 것이다.

유타의 몸이 투명한 수지에 뒤덮이는 모습을 요지는 지금도 선명하게 떠올릴 수 있었다. 평생 잊을 수 없는 지옥 같은 기억으로 그의 뇌리에 각인이 될 터였다. 하지만 그것은 그가 받지 않으면 안 될 형벌이었다.

"처음부터 나를 의심했어요?" 요지는 물었다.

"그렇습니다." 가가가 고개를 끄덕였다.

"역시 빨간 티셔츠 때문인가요?"

"그것도 있었지만 전체적으로 부자연스러운 점이 너무 많았어요."

"이를테면?"

"다누마 씨는 유타의 옷차림을 정확히 기억했지요? 하얀 바탕에 파란 코끼리 그림이 그려진 옷이라고. 그 말을 들었을 때, 육아와 집안일을 아내에게 모두 떠맡기는 분은 아니라고 생각했습니다. 원래 아버지들이란 아이를 귀여워하기는 해도 웬만해서는 옷의 디자인까지는 기억하지 못하거든요."

"아, 예." 요지는 고개를 끄덕이고 한숨을 쉬었다. "듣고 보니 그건 그렇군요."

"그런데 며칠 뒤에 앨범을 찾을 때는 상당히 힘들어했어요. 그다지 뜻밖의 자리에 있었던 것도 아닌데 말이죠. 나는 그쪽이 당신의 진짜 모습이라고 감지했어요. 그렇다면 유타의 옷을 디자인까지 기억해냈던 게 부자연스러운 일이죠. 그래서 이런 의심을 해본 거예요. 다누마 씨는 유타가 어디 있는지 알고 있을 것이다, 라고."

"그렇군요. 잘 넘어갔다고 생각했는데 여기저기 빈틈이 있었군요." 요지는 입가에 웃음을 담으려고 했다. 하지만 남들이 보기에는 비참한 표정으로 비쳤을 게 틀림없다.

"게다가 방을 어질러놓은 게 어중간했어요."

"어중간해요?"

"옷장은 뒤죽박죽이었는데 다른 방의 서랍이나 바구니는 아무렇지도 않았어요. 게다가 1층 쪽은 깨끗했어요. 이건 어떻게 보건 부자연스럽죠. 게다가 범인이 통장을 훔쳐 갔다는 것도 이해할 수 없었어요. 그건 은행에 즉시 연락하면 아무 도움도 안 되니까요."

"그 옷장은……." 요지는 한숨을 섞어 말했다. "나도 이상하다고 생각했어요."

"당신이 했던 게 아니에요?"

"아닙니다."

"그럼 아이를 2층 그 방에서 재운 건?"

"그것도 내가 아니에요."

"그럼 부인이?"

"예, 그래요."

요지의 대답에 가가 형사는 잠시 생각에 잠긴 모습이었다. 미간의 깊숙한 주름이 그의 사고의 농밀함을 그대로 보여주는 것 같았다.

가가 형사가 고개를 번쩍 들었다. 그 얼굴에 놀란 표정이 섞여 있었다.

"부인이 먼저 거짓 연극을 시작한 거였군요."

"그렇습니다."

"그래서 전자레인지와 비디오의 시각 표시가 취소 상태였군요. 전기 차단기를 내려놓은 것도 부인이었고."

"어리석은 여자였어요." 요지는 내뱉었다.

그 작열의 오후가 되살아났다.

7

그날 오후 3시 반, 요지는 자신의 집에 들렀다. 깜빡 잊어버린 게 있어서 3시쯤에 잠깐 집에 들르겠다는 건 오전에 미에코에게 전화를 걸어 미리 말했었다.

집 안에 들어섰는데 미에코의 모습이 보이지 않았다. 유타도 없었다. 게다가 에어컨이 꺼졌는지 집 안 전체가 후끈했다.

이상하다고 생각하며 욕실에 가보니 미에코가 쓰러져 있었다. 그리고 뒷문은 열려 있었다.

깜짝 놀라 몸을 흔들었더니 잠시 뒤에 그녀가 눈을 떴다.

"아, 여보……." 멍한 얼굴로 그녀는 말했다.

"어떻게 된 거야!"

"그게, 저기……, 누군가 내 머리를 내리쳤어."

"뭐라고?" 요지는 그대로 주위를 둘러보았다. "대체 누가?"

"그, 그건 잘 모르겠어. 세탁기 쪽만 보고 있었거든. 세탁기 소리 때문에 뒷문이 열린 것도 몰랐어."

요지는 황급히 그녀의 뒷머리를 살펴보았다. 피는 나지 않았지만 그렇다고 큰일이 아니라고 할 수는 없었다. 머리 쪽의 부상이 얼마나 무서운지는 그도 알고 있었다.

그녀의 옷차림에 흐트러짐은 없는 것 같았다. 폭행은 없었다는 것을 알고 그는 그나마 안도했다.

"움직이지 말고 가만있어. 바로 병원에 전화할 테니까." 그는 아내의 몸을 조심스럽게 부축해서 벽에 기대게 해주었다. "아니, 그 전에 경찰서에 신고해야 하나?"

"그보다 여보, 유타는?"

"유타?" 아내의 말에 그는 그제야 아들이 생각났다. 잠깐 정신이 나갔던 것이다. 그는 다시 주위를 둘러보았다. "유타는 어디 있어?"

"2층에 재워뒀는데."

"2층에? 왜?"

"거기서 놀다가 잠이 들었어. 그래서 옆방 에어컨을 켜고 타월 담요를 덮어줬는데……."

"잠깐만 기다려."

요지는 자꾸만 다리가 뒤엉키는 바람에 비틀비틀 계단을 뛰어올라갔다. 그 순간, 그의 머릿속을 가득 채운 것은 아내를 공격한 범인이 유타에게도 위해를 가했을지 모른다는 것이었다.

2층은 1층보다 훨씬 더 후끈했다. 열기가 고여서 사물이 흐늘흐늘하게 보일 정도였다.

유타는 그 속에 누워 있었다. 타월 담요 아래에서 축 늘어져 있는 게 보였다.

급하게 안아 든 순간, 요지는 사태가 최악이라는 것을 알았다. 어린 아들은 숨을 쉬지 않았다. 그 얼굴에도 몸에도 생기라고는 없었다.

몸의 깊은 곳에서 뭔가가 치밀었다. 그는 입을 크게 벌렸다. 하지만 부르짖음은 터지지 않았다. 그 전에 온몸의 힘이 빠져나가려 하고 있었다. 서 있는 것조차 힘겨운 상태였다. 으으윽, 하는 신음소리만 배 속에서 새어나왔다.

유타를 품에 안은 채 그는 계단을 내려왔다. 다리에 힘이 들어가지 않았다. 계단을 내려오면서 내내 움직임이 없는 아들의 얼굴만 보았다. 눈을 감은 유타의 얼굴은 인형처럼 보였다. 그 하얀 살갗은 합성수지 같았다.

계단 아래에서 미에코가 기다리고 있었다. 허탈한 눈으로 요지와 아기를 올려다보고 있었다. 유타가 걱정되어서 가만히 앉아 있을 수가 없었던 거라고 그는 생각했다.

"왜 그래?" 불길한 기운을 느꼈는지 그녀의 목소리는 떨리고 있었다.

"구급차를⋯⋯." 겨우 그 말을 하는데도 목이 턱 막혔다. 입 안이 이상하게 바짝 말라 있었다. "구, 구급차를 불러."

미에코의 눈이 휘둥그레졌다.

"유타!"

그녀는 뛰어오더니 요지의 팔에서 빼앗듯이 유타를 데려가 품에 안았다. 이미 충혈되어 있던 그녀의 눈에서 눈물이 뚝뚝 떨어졌다.

"유타, 정신 차려! 제발 눈 좀 떠봐!"

그 모습은 사랑하는 자식을 잃은 엄마의 모습 그 자체였다. 자신 또한 비탄에 빠졌으면서도 요지는 그녀의 실의를 생각하며 다시금 가슴이 미어졌다.

"아직은 모르는 일이야. 흔들지 말고 가만히 눕혀놓자. 병원에 전화할 테니까."

그는 전화기를 찾았다. 무선 전화기여서 본체는 2층에 있었다. 1층에는 작은 전화기가 있을 터였다. 그것을 찾고 다니는데 눈에 땀이 흘러들었다. 그때서야 그는 자신이 폭포처럼 땀을 흘리고 있다는 것을 깨달았다.

유타 때문에라도 우선 집 안을 시원하게 해야 한다고 생각했다. 그나저나 왜 이렇게 더운 걸까. 에어컨이 꺼졌는가.

리모컨을 집어 들고 거실 벽에 붙은 에어컨을 향해 스위치를 켰다. 하지만 에어컨은 전혀 반응이 없었다. 몇 번을 거듭해봤지만 마찬가지였다.

퍼뜩 생각이 나서 그는 욕실로 갔다. 욕실 문 위에 배전판이 붙어 있었다. 커버를 열어보니 예상대로 주 전원 차단기가 내려가 있었다. "이런 제기랄."

그는 차단기를 올렸다. 범인이 차단기를 내려놓은 게 틀림없었다. 목적은 알 수 없었다. 아마 뭔가 사정이 있어서 한 짓이리라. 하지만 그것이 유타의 목숨을 앗아가는 결과를 빚어냈다는 건 분명했다. 분노와 증오로 온몸이 부르르 떨렸다.

방에서는 미에코가 계속 울고 있었다. 그 어깨가 잘게 흔들렸다.

무선 전화기가 방 한쪽에 떨어져 있었다. 그는 그것을 집어들었다. 119 버튼을 누르기 전에 다시 한번 유타 곁으로 갔다.

"이미 늦었을까?"

그의 물음에 미에코는 대답하지 않았다. 떨어진 눈물이 방

바닥을 적시고 있었다. 유타는 꿈쩍도 하지 않았다.

그는 아내의 어깨를 껴안았다. 건네야 할 말이 생각나지 않았다. 그녀 쪽에서 여보, 라고 흐느끼며 몸을 기대어왔다.

뭔가를 퍼뜩 깨달은 건 바로 그 순간이었다.

그것은 더할 수 없이 불쾌한 생각이었다. 그 상황에서 생각난 것 자체가 신기하다고 할 수 있었다. 어쩌면 극한상황이었기 때문에 더더욱 그 희미한 흠을 놓치지 않았던 것인지도 모른다.

요지는 미에코의 몸을 밀쳐냈다. 아내는 아직도 울고 있었다. 하지만 그런 그녀를 향해 그는 물었던 것이다.

"당신, 또 거기 갔었어?"

8

"미에코가 거짓말을 한다는 걸 그 순간에 깨달았어요. 한 가지 흠 때문에 말이죠." 요지는 담담하게 말을 이어갔다. "직감이라고 하면 적당한 표현일까요? 그 여자가 얼마나 어리석은 짓을 했는지, 나는 단 한순간에 깨달았어요."

"부인은 거짓말이라는 걸 인정했습니까?"

"자기 입으로는 인정하지 않았어요. 하지만 그 얼굴을 보면 아무리 둔한 인간이라도 그녀가 거짓말을 한다는 걸 알았을 겁니다."

아마 그 거짓말은 그녀에게도 너무나 버거운 것이었으리라. 당장이라도 무너질 것 같은 심정으로 죽을 둥 살 둥 거짓 연기를 했을 것이다. 그래서 요지의 말을 듣자마자 더 이상 버티지 못하고 무너져버린 것이다.

"정말로 바보 같은 여자예요. 바보인 주제에 자존심만 높아서 사회적으로 큰 문제가 되었던 일을 자기 자신이 저질렀다는 말은 도저히 남한테 할 수 없었겠지요. 물론 나한테도. 그래서 그런 자작극을 펼쳤던 거예요. 자신은 강도에게 습격을 당했다. 그 강도가 나가면서 차단기를 내려놓고 갔다. 그래서 에어컨이 멈추고 그 바람에 아이가 죽었다—. 그런 줄거리로 사람들을 속이려고 했어요. 말씀하신 대로 옷장만 뒤엎은 것은 부자연스럽지요. 아마 내가 돌아올 시간을 예상하고 급하게 서둘렀을 거예요. 예금통장을 훔쳐 갔다고 꾸민 것도 어리석은 짓이었죠. 머리가 나빠서 그런 것도 제대로 못 한 거예요. 통장은 아직도 못 찾았어요. 아마 태웠을 겁니다."

"어리석은 짓을 저질렀다고 부인의 목을 졸랐어요?" 감정이 담기지 않은 목소리로 가가 형사는 물었다.

잠시 틈을 둔 뒤에 요지는 고개를 저었다.

"나도 모르겠어요. 그런 게 아니었을지도 모르죠. 어쩌면 나

역시 이런 어이없는 일로 아들을 잃었다는 것만은 어떻게든 감추고 싶었던 모양이죠. 물론 그 직접적인 원인을 만든 미에코가 죽이고 싶을 만큼 미웠던 건 사실이지만."

양쪽 엄지손가락이 미에코의 목을 파고들던 감촉을 요지는 떠올렸다. 그 직전에 내보인 그녀의 겁에 질린 표정도. 하지만 그녀는 그리 거칠게 저항하지 않았다. 살해되어도 당연하다고 생각했는지 모른다. 요지도 후회하는 마음 따위, 전혀 없었다.

"부인을 살해한 뒤에 이번에는 당신이 거짓 연극을 했군요."

"우스운 짓이었어요. 나 스스로도 그렇게 생각합니다." 요지는 쓴웃음을 지었다. 그것은 포즈가 아니었다. "마음껏 비웃으세요. 나는요, 두 번째로 집에 돌아갔을 때, 진짜로 미에코를 부르면서 찾는 척했어요. 바깥에서 누군가 내 목소리를 들을지도 모른다, 창문으로 누군가 내다보고 있을지도 모른다고 생각해서요. 꼼꼼하게도 미에코의 사체를 발견했을 때는 나 혼자 화들짝 놀라는 시늉까지 했어요."

"단지 부인의 연극과 다른 점은 유타의 사체를 감춰버린 것이었군요."

"경찰에서 사체를 조사하면 사실을 금세 알아낼 거라고 생각했으니까요." 요지는 어깨를 움츠리며 고개를 저었다. "아무리 날씨가 덥고 문이 닫혀 있었다지만, 집 안 2층에서 재운 것 정도로는 그리 쉽게 병이나 탈수증을 일으키지는 않잖아요."

"전혀 불가능한 건 아니지만 아무래도 부자연스럽다고 생각했겠지요." 가가가 대답했다.

여기서 요지는 퍼뜩 생각나는 게 있어서 가가 형사에게 물었다. "유타의 사인은 이미 조사를 했습니까?"

"설마요. 아직 시작도 안 했어요." 형사는 슬쩍 이를 내보이며 웃더니 이내 뺨이 팽팽해졌다. "하지만 열사병이라는 건 예상했었어요. 그래서 다누마 씨를 이곳에 데려온 겁니다."

"어떻게 알았어요?"

"뭐, 그냥 감이라고 할까요." 가가는 코 밑을 비볐다. "빨간 티셔츠가 힌트가 됐어요."

"역시……."

"당신도 그것 때문에 알게 되었지요?"

예에, 라고 요지는 고개를 끄덕였다.

"그 티셔츠를 입은 미에코의 몸을 끌어안은 순간, 그녀가 거짓말을 한다는 걸 알았어요. 그래서 그녀를 죽인 뒤에도 이대로 두면 경찰이 눈치챌 것 같아서 하얀 티셔츠로 갈아입혔습니다. 사체의 옷을 갈아입히는 건 여간 힘든 게 아니었어요."

"빨간 티셔츠에 담배 냄새가 진하게 배어 있었죠. 좀 더 말하자면 부인의 머리칼에도." 가가가 말했다. "당신도 미에코 씨도 담배를 피우지 않았는데 말이에요."

그 말을 듣고 요지는 형사의 얼굴을 다시 쳐다보았다. 그와 동시에 생각이 났다. 앨범 사진을 빌리러 왔을 때, 가가는 재떨이는 어디에 있느냐고 물었다.

"가가 씨, 당신은 담배를?"

"안 피워요." 가가는 미소를 지으며 대답했다.

"아하, 그래서 담뱃갑도 새것이었군요."

그때 이미 몇 가지 중요한 열쇠를 쥐고 있었다는 게 이해가 되었다. 애초부터 성공할 리가 없는 연극이었던 것이다.

"부인이 매일같이 차를 타고 외출했었다는 증언도 힌트가 됐어요. 담배를 피우지 않는 사람의 옷에 그토록 진하게 냄새가 배었다면 그런 장소는 몇 군데로 좁혀지니까요. 탐문한 끝에 이 가게에서 부인을 자주 목격했다는 정보를 얻을 수 있었어요." 가가는 눈앞의 건물을 바라보았다.

"정말 한심한 일이죠."

"그날도 부인은 이곳에 왔었어요. 그걸 알았을 때, 행방불명이 된 유타에게 무슨 일이 일어났는지도 짐작할 수 있었죠."

"열사병?" 자신의 질문에 가가 형사가 슬쩍 고개를 끄덕이는 것을 보고 요지는 다시금 쓴웃음을 지었다. "하긴 그런 건 요즘이라면 누구라도 쉽게 상상할 수 있겠죠. 그토록 큰 사회 문제가 되었으니. 그런데도 똑같은 잘못을 저지르다니……."

요지는 손을 내밀어 자동차 에어컨 스위치를 'OFF'로 돌렸다. 송풍구에서 나오는 바람이 순식간에 뜨뜻하게 바뀌었다.

이어서 그는 그 송풍조차 멈춰보았다. 차 안의 온도가 쑥쑥 올라가는 게 느껴졌다. 유리를 뚫고 들어오는 햇볕이 모든 것을 뜨겁게 달궈갔다. 요지는 온몸에서 땀이 쏟아지는 것을 느꼈다.

"힘들군요." 가가가 중얼거렸다. 그의 이마에도 땀이 맺히고 있었다.

"작열 지옥이지요." 요지는 에어컨 스위치를 원래대로 돌렸다. "이런 곳에 방치된다면 어른이라도 죽을 겁니다."

"자동차 에어컨 상태가 안 좋다고 했었지요?"

"정확히 말하면 엔진 상태가 좋지 않았어요. 에어컨을 켜둔 채로 공회전을 하면 이따금 멈춰버리곤 했으니까요."

"그런 고장이 있다는 걸 부인은……."

"글쎄요, 아마 모르지 않았을까요."

최소한 그렇게 생각하고 싶었다.

"마지막으로 한 가지 물어보고 싶은데요." 가가는 말했다. "화장대 서랍에 있었다는 생활비 10만 엔은?"

요지는 얼굴을 문지르고 앞쪽으로 시선을 던졌다.

"모르겠어요. 내가 봤을 때는 단돈 만 엔도 없었어요. 아마 저기에 죄다 쏟아부었겠지요." 그렇게 말하고 눈앞에 선 건물을 턱으로 가리켰다.

"부인은 무엇에 그렇게 빠져들었을까요?"

"글쎄요, 무엇에 빠졌던 건지. 아마 뭐였든 상관없었던 거 아닐까요? 아무튼 현실에서 도망칠 수 있는 곳이기만 하다면."

"지금의 당신은 그걸 알고 있군요?"

"그래요. 예전의 나는 알지 못했습니다. 사실은 내가 그녀의 도망칠 곳이 되어주었어야 했는데."

그만 갑시다, 라고 요지는 말했다.

휘황하게 빛나는 화려한 네온사인을 뒤로하고 자동차는 주차장을 나섰다.

두 번째 꿈

1

구스노키 모녀에게 몹시 중요한 하루가 시작되려 하고 있었다.

마치코는 평일과 마찬가지로 리사와 함께 엘리베이터를 타고 맨션 아래까지 내려갔다. 다른 때는 둘이서 역까지 걸어갔지만 오늘은 맨션 앞에서 딸을 배웅하기로 했다.

"그럼 열심히 해." 마치코는 한마디를 건넸다.

"응. 엄마, 이따가 꼭 보러 올 거지?"

"그럴 거야."

"꼭이야!" 그렇게 말하더니 리사는 역 쪽으로 걸음을 옮겼다.

자그마한 딸의 뒷모습을 마치코는 기도하는 마음으로 지켜 보았다. 그 기도에는 다양한 바람이 담겨 있었다. 지금까지의 나날들이 빨리감기를 한 비디오 영상처럼 되살아났다. 인상 깊은 장면에서는 화면이 일단 정지하곤 했다. 그녀는 아직 못 본 영상의 마지막 장면이 부디 해피엔딩이 되기를 기도했다.

바로 옆 약국에서 흰 고양이를 품에 안은 노부인이 나왔다. 그녀는 리사를 보더니 초승달처럼 실눈이 되어 미소를 지었다.

"어라, 일요일인데 벌써 나가니?"

"시합이 있어서요." 리사가 대답했다. "톰하고는 이제 친해 지셨어요?"

"응, 이제야 겨우 좀 친해졌다."

톰이라는 건 노부인이 품에 안고 있는 페르시안 친칠라 고 양이의 이름이다. 아는 사람이 이번 주부터 노부인에게 맡긴 고양이라고 했다. 마치코와 리사는 수요일 아침에 그 고양이 를 처음으로 보았다. 그 우아하고 사랑스러운 모습에 탄성을 지르며 번갈아 품에 안아본 것이다.

리사는 고양이 머리를 두세 번 쓰다듬고는 마치코를 향해 손을 흔들고 다시 걸음을 옮겼다.

리사의 모습이 보이지 않게 되자 고양이를 품에 안은 노부 인이 마치코에게 다가왔다.

"리사는 여전히 명랑하네. 그런 큰일이 있었는데도."

"마음에 걸리기는 할 텐데, 되도록 생각하지 않으려고 하나 봐요."

"그래, 그게 좋지. 너무 깊이 고민하면 몸이 마음먹은 대로 움직여주지 않을 거고. 오늘은 중요한 날이지?"

"네." 마치코는 가만히 고개를 끄덕였다.

"마치코 씨도 빨리 잊어버리는 게 좋아. 물론 힘은 들겠지 만."

"저도 그러고 싶어요." 마치코는 웃음을 지으려고 노력했다.

노부인이 호기심을 노골적으로 드러내며 시시콜콜 캐묻지 않는 것이 마치코로서는 고마웠다. 궁금하지 않았을 리가 없기 때문이다. 하지만 노부인은 이웃에서 일어난 사건보다 자신의 품 안에서 기분 좋게 웅크리고 있는 페르시안 친칠라 고양이가 더 마음이 쓰이는지 다정한 눈빛을 그쪽에 보내고 있었다.

"톰은 언제까지 봐주시는 거예요?" 마치코는 물어보았다.

"내일까지야. 내일이면 이 녀석 주인이 여행에서 돌아오거든." 목소리에 아쉬워하는 여운이 묻어 있었다.

"섭섭하네요."

"그래, 하루하루 정이 들었는데. 좀 더 오랫동안 여행을 즐기고 오면 좋겠다는 생각이 든다니까."

"그러시겠지요."

마치코는 페르시안 친칠라 고양이의 머리와 등을 한참 쓰다듬어준 뒤에 맨션으로 돌아갔다.

방에 돌아와 그녀는 주방 의자에 앉아서 사이드보드에 놓인 시계를 노려보았다. 문자판에 작은 꽃무늬가 그려진 그 시계는 12년 전에 친구에게서 결혼 선물로 받은 것이었다. 그 시계가 9시 20분을 가리키고 있었다.

마치코는 몇 시쯤에 나가는 게 좋을지 생각하고 있었다. 너무 일찍 가서 리사를 방해해서는 안 된다. 그렇다고 시합 시간에 늦기라도 한다면 그것도 큰일이다.

오늘은 우리 모녀가 새 출발 하는 날이야, 라고 마치코는 생각했다. 오늘을 기점으로 모든 것을 새롭게 바꾸지 않으면 안 된다.

그러기 위해서도 번거로운 일은 빨리 정리해야 해—.

마치코는 4일 전날 밤, 이런 식으로 시계를 바라보고 있었던 때를 떠올렸다. 그녀에게는 악몽의 밤이었다.

2

수요일이었다. 그날은 온종일 금세라도 비가 쏟아질 듯한 날씨였지만 결국 쏟아지지 않은 채 밤이 되었다.

가장 가까운 파출소에서 두 명의 제복 차림 경관이 뛰어든 것은 마치코가 전화로 신고를 하고 7분 뒤였다. 하지만 그들이 달려왔어도 사태에 별다른 변화는 없었다. 그들이 그녀에게 지시한 것은 "그대로 기다려주십시오"라는 말뿐이었기 때문이다.

그리고 다시 몇 분이 지난 뒤에 관할 경찰서 형사들이 도착했다. 험상궂은 얼굴의 남자, 능구렁이 같은 남자, 예리한 눈빛을 가진 남자 등 다 제각각이었다. 그들은 한결같이 형사다운 분위기를 지니고 있었다. 한마디로 빈틈이 없어 보였다. 마주하는 것만으로도 마치코는 몸의 감각이 몇 퍼센트쯤 사라져버렸다. 냉정한 판단은 할 수 있을 것 같지도 않아서 마음이 한없이 불안하기만 했다.

"사체는 어디 있지요?"

맨 처음 받은 질문이 그것이었다. 어떻게 생긴 형사가 물었는지도 마치코는 제대로 기억이 나지 않는다. 형사들 쪽에서 자기소개를 해주는 것도 없었고 이제부터 무엇을 어떻게 하겠다는 설명도 없었다.

"안방이에요."

마치코가 대답했을 때는 이미 몇몇 남자들이 구두를 벗고 방 안에 들어서고 있었다.

"부인을 바깥으로 모셔."

누군가가 말했고 누군가가 마치코를 밖으로 내보냈다. 형사들이 돌아다니는 기척을 그녀는 등으로 느꼈다. 방 안을 어떤 식으로 조사할 것인지, 생각할수록 이유도 없이 불안해졌다.

곧이어 한 남자가 집에서 나와 마치코에게로 다가왔다. 키가 훌쩍 크고 날카로운 눈매를 가진 남자였다. 자신과 같은 나이거나 조금 더 많을지 모른다고 그녀는 생각했다. 그녀는 올해로 서른네 살이다.

남자는 수첩을 꺼내며 이름을 밝혔다. 네리마 경찰서의 가가 형사라고 했다. 나지막하지만 우렁우렁한 목소리였다.

"구스노키 마치코 씨지요?"

"네, 그렇습니다."

"잠깐 이쪽으로."

가가 형사는 마치코를 비상계단 옆으로 데려갔다. 가까운 집의 현관문이 열리고 중년여자가 얼굴을 내밀었지만 형사와 눈이 마주쳤는지 얼른 다시 들어갔다.

"사체를 발견했을 때의 상황을 되도록 상세하게 설명해주세요." 가가는 말했다.

"저어, 어디서부터 말해야 할지……."

"어디서부터라도 괜찮아요. 생각나는 것부터 자유롭게 말해주시면 됩니다."

마치코는 고개를 끄덕이고 우선 심호흡을 한 차례 했다.

"일 끝내고 집에 돌아와 열쇠로 현관문을 열려고 했는데 이미 열려 있었어요. 그래서 딸아이가 벌써 돌아왔나 하고 안에 들어갔는데 방이 저렇게……."

"저렇게, 라는 건?"

"그건……, 마구 어질러졌다는 거예요. 그렇게 어질러놓는 일은 평소에 없었으니까요."

"그렇군요. 그러고는요?"

"이상하다고 생각하면서 안쪽 방으로 갔어요."

"안쪽에는 큰방과 작은방이 있지요? 먼저 들어간 곳은 어느 쪽이었어요?"

"큰방이에요. 그랬더니……."

"남자의 사체가 있었다?"

"네." 마치코는 턱을 끄덕였다.

"그다음에는?"

"바로 전화를 했어요, 경찰에."

가가는 수첩에 뭔가 적어 넣고 그 메모한 것을 가만히 쳐다보며 입을 다물고 있었다. 어쩐지 마음이 불편해지는 침묵이었다. 그의 미간에 생긴 주름을 보면서 자신이 뭔가 이상한 말을 해버린 게 아닌지 불안해졌다.

"창문은 어땠습니까? 닫혀 있었어요?"

"닫혀 있었을 거예요. 잘 기억나지는 않지만."

"그 말씀은 창문 쪽에는 가지 않았다는 거군요?"

"네. 경찰에 신고한 뒤로는 주방에 가만히 앉아 있었어요."

"큰방에서 사체를 발견한 뒤로 다른 물건에는 일절 손을 대지 않았다는 건가요?"

예, 라고 마치코는 대답했다.

"당신이 집에 돌아온 건 몇 시쯤이었지요?"

"9시 반쯤이었을 거예요."

"그건 언제 어떻게 시각을 확인하신 건가요?"

세세하게 질문하는 형사의 입가를 바라보며 그가 조금 전에 "되도록 상세하게"라고 말했던 것을 마치코는 떠올렸다.

"맨션 앞까지 왔을 때 무심코 손목시계를 봤어요. 게다가 경찰에 신고한 뒤에도 내내 시계를 보고 있었고요."

"그 뒤로 전화가 오거나 당신이 전화를 한 적은?"

"없어요."

가가는 고개를 끄덕이고 자신의 손목시계를 보았다. 덩달아 마치코도 왼손에 차고 있던 시계에 눈을 떨구었다. 10시를 조금 지난 참이었다.

"남편 되시는 분은?"

가가의 질문에 마치코는 가만히 머리를 저었다.

"이혼했어요, 5년 전에."

"아, 예." 가가가 슬쩍 숨을 들이쉬는 기척이 있었다. "현재

120

그분과 연락은?"

"연락할 수는 있지만 거의 안 해요. 그래도 가끔 그쪽에서 전화는 와요. 딸의 목소리를 듣고 싶다나 봐요."

그게 무슨 관계가 있는 걸까, 하고 마치코는 생각했다.

"따님이 있었군요. 그 밖에 다른 자녀분은?"

"딸 하나예요."

"이름은?"

"리사."

한자로는 '理砂'라고 그녀는 설명해주었다.

"몇 살이지요?"

"열한 살이에요."

"지금 집에 없는 거 같은데. 학원에라도 갔나요?"

"아뇨, 스포츠클럽에 다녀요. 이제 슬슬 돌아올 시간일 텐데."

그녀는 다시 시계를 보았다. 오후 7시부터 9시 반까지 연습 시간이었다.

"이렇게 늦은 시간에? 무슨 특별한 운동을 하는 건가요?"

"체조예요."

"체조? 기계체조 말인가요?"

"네."

"와아, 그건—."

가가는 좀 더 뭔가 말해주고 싶지만 딱히 생각나는 게 없는 모양이었다. 딸에게 기계체조를 가르친다고 마치코가 말하면 대부분의 사람들이 이런 반응을 보였다.

"그럼 어머니 혼자서 딸을 키우셨군요?"

"그렇게 됐어요."

"힘드시겠네요. 아, 지금 하시는 일은?"

"근처에 있는 회계 사무실에서 근무해요. 그리고 주 3회 댄스스쿨에 강사로 나갑니다. 오늘이 그 댄스스쿨 수업이 있는 날이에요. 그래서 좀 늦었어요."

"주 3회, 라는 건?"

"월수금이에요."

가가는 고개를 끄덕이고 그 내용들을 수첩에 메모했다.

"아, 그러면……." 가가는 얼굴을 들고 엄지손가락으로 뒤쪽을, 즉 마치코의 집 쪽을 가리켰다. "모리 슈스케 씨와는 어떤 관계인가요?"

갑자기 모리의 이름이 튀어나오는 바람에 마치코는 깜짝 놀라 눈이 휘둥그레졌다.

"면허증을 통해 신원을 확인했어요." 그녀의 마음속을 꿰뚫어본 것처럼 가가 형사는 말했다. "명함으로 근무처도 알아냈습니다. 백화점 외판부인 것 같던데요." 그리고 가가 형사는 다시 물었다. "어떤 관계지요? 아니면 모르는 분인가요?"

"아뇨, 잘 알아요. 아니, 그보다—." 그녀는 침을 삼키려고 했지만 입안이 바짝 말라 있었다. 그래서 별수 없이 그대로 말을 이었다. "친하게 지내던 분이에요."

"그건 말하자면 교제 중이던 분이라는 말인가요?"

네, 라고 그녀는 답했다.

"언제쯤부터?"

"반년쯤 전부터였을 거예요."

"집에 자주 오셨던가요?"

"네, 가끔."

"오늘도 오기로 했었습니까?"

"아뇨, 그런 말은 못 들었어요. 평소에는 미리 연락하고서 왔어요. 하지만 갑작스럽게 들르는 일도 있었고요."

"그렇군요."

가가는 표정에서 뭔가를 읽어내려고 하는지 마치코의 눈을 빤히 쳐다보았다. 그녀는 그 시선을 견디지 못하고 눈을 숙였다. 지금 내 모습이 연인을 잃은 여자로 보일까, 하고 문득 생각했다. 이럴 때는 눈물을 흘려야 하는 걸까. 혹은 반쯤 정신이 나가버린 사람처럼 굴어야 할까. 하지만 그녀는 할 수 없었다. 그런 연기는 불가능했다.

"결혼 약속을 하셨던가요?"

"아뇨, 그런 건……."

실제로 마치코는 모리 슈스케와의 결혼을 생각해본 적도 없었다.

"모리 씨에게 집 열쇠를 주셨습니까?"

"네."

"리사도 당연히 열쇠를 가지고 있었고요?"

"네, 그래요."

"그 밖에 열쇠를 가진 사람은?"

"없어요."

"임대맨션의 경우에는 일반적으로 관리사무소에서 받는 열쇠가 2개지요? 그렇다면 거기에 하나를 더 만든 건가요?"

"그 사람에게 줬던 열쇠는 세 달쯤 전에 만든 복사키예요."

"그 열쇠집이 어디인지 생각나세요?"

"네, 생각나요. 이 근처 열쇠집이었어요. 수첩에 전화번호도 있을 텐데."

"나중에 알려주세요." 가가는 다시 뭔가 수첩에 메모를 하더니 문득 목소리를 낮추었다. "혹시 이번 사건에 대해 뭔가 짐작 가는 게 있습니까?"

"짐작 가는 거……."

마치코는 열심히 생각을 굴렸다. 최근에 모리 슈스케와 나눈 대화를 떠올려보았다. 그가 누군가에게 살해될 법한 일이 그 대화의 어딘가에 숨겨져 있었으면, 하고 생각했다. 하지만 아무것도 생각나지 않았다. 그리고 문득 깨달았다. 요즘 들어 그와 제대로 된 대화를 한 적이 없었다. 둘이서 한 이야기라고 는 별다른 의미도 없는 공허한 말들뿐이었다.

그녀로서는 고개를 저을 수밖에 없었다. "아무것도 없네요."

"그렇군요. 하긴 지금 이 상황에서 뭘 생각해내라는 것도 무리한 얘기겠네요." 가가는 말했다. 위로해줄 마음이었는지 어떤지 마치코는 알 수 없었다.

그때였다. 복도 끝에 있는 엘리베이터 문이 열렸다. 이 맨션은 7층 건물이고 집은 3층이다.

엘리베이터에서 내려선 것은 리사였다. 트레이닝복을 입고 작은 스포츠가방을 어깨에 걸고 있었다. 긴 머리는 뒤로 묶었다. 리사는 주변 분위기가 평소와 다르다는 것을 느꼈는지 그 자리에 멈춰 서서 당황한 눈빛을 보였다. 하지만 이윽고 마치코 쪽을 쳐다보았다. 낯선 남자와 함께 있어서 그런지 경계하는 표정을 보였다.

"리사인가요?" 모녀의 시선이 마주친 것을 봤는지 가가 형사가 물었다.

네, 라고 마치코는 대답했다.

"아, 그럼 이번 사건에 대해 어머님이 직접 설명하실래요? 아니면 제가 말할까요?"

"아뇨, 내가 할게요." 그렇게 말하고 마치코는 딸에게로 다가갔다. 리사는 멈춰 선 채로 엄마의 얼굴을 쳐다보았다.

마치코는 크게 심호흡을 했다.

"애, 리사, 우리 집에 강도가 들었던 것 같아."

리사는 곧바로는 반응을 보이지 않았다. 얼굴을 엄마에게로 향한 채 검은 눈동자만 좌우로 움직였다. 이윽고 "응?"이라고 작은 소리를 흘렸다.

"강도가 들었어, 그래서, 저기, 모리 아저씨 알지? 그 아저씨가……."

그 뒷말을 어떻게 이어가야 할지 마치코는 망설였다. 어떻게든 자극이 덜한 표현은 없을지, 말을 찾아봤지만 생각이 나지 않았다.

말을 어물거리고 있자 리사 쪽에서 물어왔다. "모리 아저씨, 무슨 일 있었어?"

"응, 있잖아, 모리 아저씨가…… 죽었어." 말끝이 파르르 떨렸다.

여기서도 역시 리사의 반응은 느렸다. 그래서 잘 들리지 않았나 보다고 마치코는 생각했다.

그러자 리사가 말했다. "그랬구나……."

딱히 충격을 받은 기색이 아니었다. 요즘 애들은 이런 정도의 일에는 전혀 동요하지 않는 건가, 하고 마치코는 생각했다. 그게 아니면 아직도 실감이 나지 않는 걸까.

뒤에서 누군가 다가서는 기척이 느껴졌다.

"스포츠클럽에 다녀오는 모양이구나." 가가 형사가 물었다.

리사는 얼굴에 비해 큼직한 눈으로 형사를 올려다보더니 고개를 끄덕이는 것으로 대답했다. 그가 형사라는 건 굳이 설명하지 않아도 이미 아는 모양이었다.

"집에서 몇 시쯤에 나갔지?"

"아침에 나가서 그냥 바로……."

"그냥 바로?"

"학교 끝나고 그냥 바로 스포츠클럽에……."

"그럼 지금 처음으로 집에 돌아왔다는 얘기?"

그렇다고 리사는 대답했다.

"거의 매일 그래요." 마치코가 옆에서 거들었다.

가가는 말없이 고개를 끄덕였다.

그때 마치코의 집 현관문이 열리고 또 다른 형사가 얼굴을 내밀었다.

"가가 선배, 부인을 잠깐 모시고 들어오라는데요."

가가는 젊은 형사를 향해 슬쩍 손을 흔든 뒤에, "괜찮겠습니까?"라고 마치코에게 물었다. 그녀는 괜찮다고 대답했지만 마음에 걸리는 게 있었다.

"저어, 딸아이는 좀……."

되도록 사체는 보여주고 싶지 않았던 것이다.

무슨 말인지 알아들었는지 가가는 젊은 형사에게 "여기서 따님에게 질문 좀 해줄래?"라고 지시했다. 그러고는 새삼 마치 코에게 잘 부탁한다고 말했다.

3

마치코와 리사의 집은 일반적으로 '2LDK'라고 하는 집이었다. 방 두 개에 리빙룸과 다이닝키친이 딸려 있다는 뜻이다. 현관으로 들어서면 그 바로 앞이 다이닝키친이었다. 마치코는 깔끔하게 해놓고 사는 편이었지만 그때는 주방 테이블이며 사이드보드에 있던 것들이 거의 모두 바닥에 떨어져서 어떤 것은 깨지고 어떤 것은 바닥을 지저분하게 더럽히고 있었다. 멀쩡하게 남은 것이라고는 결혼 기념으로 받은 시계 정도였다.

다이닝키친 안쪽에는 3평 정도의 방 두 개가 있었다. 오른쪽이 큰방이고 왼쪽이 작은방이다. 작은방에는 문이 달려 있지만 활짝 열려 있었다. 거의 리사 혼자서만 쓰는 방이어서 작은 침대며 책상, 책장 등이 놓여 있었다. 형사 한 사람이 그 방을 돌아다니는 게 보였다.

큰방과 다이닝키친은 장지문으로 나뉘어져 있지만 그 장지문을 떼어내 싱크대 앞에 세워두었다. 곁의 종이가 보기에도 참혹하게 찢겨졌다. 틀도 일부가 부서진 것 같았다.

벽 쪽에 서랍장 두 개가 나란히 있었다. 그것 때문에 이 방은 한층 좁아졌다. 잘 때는 이불을 벽장에서 꺼내 와야 하는 것이다. 리사에게 침대를 사주기 전까지는 이불 두 개를 나란히 펴고 모녀간에 사이좋게 자곤 했다.

그 서랍장의 서랍이 죄다 열리고 안의 물건들이 마구 삐져나와 있었다. 마치코가 좋아하던 원피스의 끝자락이 바닥까지 늘어져 있었다.

그것뿐만이 아니었다. 벽에 걸려 있던 액자가 떨어져 유리가 깨어졌다. 누군가 히스테릭하게 한바탕 날뛰고 간 것처럼 보였다.

큰방의 거의 한가운데쯤에 파란 담요를 씌운 큼직한 덩어리가 있었다. 그것이 모리 슈스케가 팔다리를 오므리고 있는 형상이라는 것을 마치코는 알고 있었다.

형사 한 명이 웅크리고 앉은 자세로 방바닥을 살펴보고 있었다. 범인의 유류품을 찾고 있는지도 모른다. 물론 그 밖의 다른 목적도 있겠지만 마치코로서는 그런 자세한 내용은 알 수 없었다.

수사를 지휘하는 사람은 마르고 주름이 많은 남자였다. 그는 야마베라고 자신의 이름을 밝혔다.

"갑작스런 일이라 무척 놀라셨지요?" 야마베는 순한 얼굴을 하고 말했다.

　마치코는 말없이 시선을 떨구었다. 이럴 때는 울어야 하는 게 아닐까, 하는 생각이 다시금 뇌리를 스쳤다.

　"충격이 크시겠지만 한시 바삐 범인을 체포하기 위해서라도 부디 협조를 부탁합니다."

　"네에. 근데 제가 뭘 해야 하는지……."

　"우선 도둑맞은 물건이 없는지 살펴봐주세요. 강도일 가능성도 있으니까요."

　"아, 네."

　대답은 했지만 무엇을 살펴봐야 할지 전혀 생각이 나지 않았다. 이 집 어디에도 훔쳐갈 만한 물건이 없다는 것을 그녀는 잘 알고 있었다. 현금도 그리 넉넉하게 집에 두지 않는 편이었다. 그래도 일단 서랍 안을 들여다보며 형사들에게 내보이기도 창피한 액세서리들을 점검하기로 했다. 머릿속에는 야마베의 말이 걸려 있었다. 강도일 가능성도 있으니까요, 라고 그는 말했다. 하지만 강도가 아니라면 그들은 과연 뭐라고 생각하는 걸까.

　"어때요?" 가가가 질문을 던져왔다. "뭔가 없어진 게 있습니까?"

　아뇨, 라고 그녀는 대답하며 서랍을 원래대로 돌려놓았다. 그리고 천천히 화장대로 다가가 맨 밑의 서랍을 열었다. 그리고 앗, 하고 작은 소리를 흘렸다.

"왜요?"

"예금통장이 없어졌어요. 여기에 넣어뒀었는데."

"도장은 어때요?"

"없어요."

"은행명과 지점, 계좌번호는 알고 있어요?"

"네, 알아요."

마치코는 자신의 지갑에서 신용카드를 꺼내 그 정보들을 가가에게 말했다. 그는 재빠르게 메모를 했다.

그때 다른 형사가 이쪽으로 들어와 야마베에게 작은 소리로 뭔가 속삭였다. 야마베는 슬쩍 고개를 끄덕이더니 가가를 바라보며 한숨을 내쉬었다.

"이제야 경시청 친구들이 도착한 모양이야."

그러자 가가는 마치코를 보며 미안하다는 얼굴을 했다.

"똑같은 이야기를 한 번 더 하셔야 될 것 같군요. 양해 부탁드립니다."

"네, 괜찮아요."

몇십 번이든 몇백 번이든 똑같은 말만 하면 되는 거라고 마치코는 생각했다.

경시청에서 나온 중년 형사는 조곤조곤 캐묻는 사람이었다.

그뿐만 아니라 똑같은 일을 여러 각도에서 질문하는 게 특기인 모양이었다.

"다시 한번 확인하겠는데요, 당신이 회계 사무실을 나온 게 오후 5시쯤. 그리고 그 뒤에 서점과 백화점에 들렀고, 댄스스쿨에 도착한 건 오후 7시쯤. 거기서 수업을 하고 9시 넘어서 댄스스쿨을 나와 집에 도착한 게 9시 반이라고 하셨죠? 이건 틀림이 없습니까?"

"네, 틀림없을 거예요."

"댄스스쿨은 역 앞에 있다고 하셨지요? 거기까지는 걸어서 다니셨다고요?"

"그렇습니다."

"회계 사무실의 근무시간은 아침 9시부터 5시까지……. 그 사이에 외부에 나오는 일은 전혀 없습니까?"

"가끔 나오기도 해요. 하지만 오늘은 외근이 없었습니다. 그건 사무실 직원에게 물어보시면 알 수 있을 거예요."

"댄스스쿨은 어떻지요? 중간에 빠져나오는 일은 없었습니까?"

"없었어요."

"틀림없지요?"

"네, 틀림없어요."

"그렇다면 문제는 5시부터 7시 사이로군요. 그 시간에는 계속 혼자 있었다는 말인가요? 누군가 휴대전화로 연락한 적도 없었어요?"

"내내 나 혼자였어요. 전화도 하지 않았고요."

"어떤 가게에 들렀는지, 그것만이라도 기억해주시면 크게 도움이 되겠는데 말예요."

"근데 그게 잘 생각이 나질 않아요. 그저 별 생각 없이 돌아다녀서. 알리바이가 없어서 안타깝네요."

"아니, 꼭 당신을 의심하는 건 아니에요."

혼마라는 형사가 해준 그 말을 마치코는 그대로 순수하게 받아들일 수가 없었다. 자신을 의심하지 않는다면 어째서 5시부터 7시까지의 알리바이가 없다는 것을 "문제"라는 식으로 말한 것인가.

사이드보드 위의 시계가 11시 반을 가리켰다. 언제까지 이러고 있어야 하는가, 주방 테이블에서 형사와 마주 앉은 채 그녀는 생각했다.

"아, 근데 이걸 혹시 보셨던가요?" 혼마 형사가 그녀 앞에 내놓은 것은 택배 기사의 부재중 연락표였다. "현관에 떨어져 있었다는데."

"아뇨, 못 봤어요."

그 연락표에는 택배 기사가 오후 7시 반에 배달을 왔는데 집에 아무도 없어서 다시 가져간다는 내용이 적혀 있었다. 물건을 보낸 사람은 예전에 같은 회사에서 근무했던 여자 친구였다. 유럽 여행을 다녀와서 선물을 보낸다는 전화가 그 전날 왔었다. 그런 이야기를 마치코는 혼마 형사에게 말했다.

"네, 방금 전에 그 택배회사에 전화해서 확인했어요. 택배 기사가 이곳에 왔던 게 7시 10분쯤이었다는군요. 차임벨을 눌러도 대답이 없고 문도 잠겨 있어서 이 부재중 연락표를 문 틈에 끼워놓고 돌아갔답니다."

"그러면 아마 그 사람이 집에 들어오려고 문을 열었을 때, 떨어졌던 모양이네요." 그 사람이라는 건 모리 슈스케를 가리키는 것이었다.

"네, 그럴지도 모르지요. 아니면……." 혼마 형사는 마치코의 얼굴을 빤히 바라보며 말을 이었다. "택배 기사가 왔을 때, 이미 모리 씨는 살해된 뒤였다고 생각할 수도 있어요."

"하지만 택배 기사가 왔을 때, 현관문이 잠겨 있었잖아요?"

"택배 기사의 말에 따르면 그렇지요."

"제가 집에 돌아왔을 때는 문이 잠겨 있지 않았어요. 그럼 누가 열었을까요?"

"흠, 범인이 열었는지도 모르겠군." 그렇게 말하는 혼마 형사의 입꼬리가 축 처졌다. "범행 뒤에 집 안에 숨어 있던 범인이 탈출했던 거예요."

그렇다면, 이라고 말하려다가 마치코는 입을 다물어버렸다.

"뭔데요?"

"아뇨, 아무것도 아니에요." 그녀는 말을 흐렸다.

그때 그녀는 이렇게 말하고 싶었다. ─그렇다면 범인은 7시 넘어서까지 이 집에 있었다는 얘기가 된다. 즉 7시 넘어서 알리바이가 있다면 범인이 아니라는 결론이 나오는 거 아니냐, 라고. 하지만 그런 말을 자기 입으로 하는 것도 이상하다고 생각해서 입을 다물었던 것이다.

현장 검증은 거의 밤 12시가 되어서야 끝이 났다. 대부분의 수사원이 철수했지만 네리마 경찰서의 가가 형사는 남아 있었다.

"오늘 밤은 어떻게 하실 거예요?" 그가 물었다.

"어떻게, 라뇨?"

"이 집에서 주무실 건가요?"

"아⋯⋯."

시체가 있었던 방에서 잔다는 건 마치코로서도 역시 내키지 않는 일이었다. 더구나 아직 어린 리사를 여기서 재울 수는 없었다.

"이케부쿠로 쪽에 저렴한 비즈니스호텔이 있는데. 한번 알아볼까요?"

"그런 부탁을 드려도 될지⋯⋯."

"뭐, 늘 하는 일이에요."

가가는 휴대전화로 그 자리에서 예약을 해주었다. 게다가 그는 마치코와 리사를 호텔까지 데려다주겠다고 했다. 마치코 는 괜찮다고 했지만 가가는 물러서지 않았다.

"여기에 제 차로 왔거든요. 그리고 어차피 집에 가는 길이니 까 괜찮아요."

"아, 네……."

너무 사양하는 것도 이상할 것 같아서 마치코는 가가의 차 를 얻어 타기로 했다.

마치코와 리사를 배웅해주는 차는 투도어 방식의 검은색 승 용차였다. 차종 따위는 그녀는 알지 못했다.

"까다로운 질문에 대답하느라 힘들었지요?" 한 손으로 핸들 을 다루면서 가가는 말했다.

"힘들었다기보다 뭐가 뭔지 모르겠어서……. 좀 피곤했어 요."

"초동수사가 무엇보다 중요하니까 우리도 관계자에게 깜빡 신경을 써드리지 못할 때가 많아요."

"네, 그건 어쩔 수 없으시겠지요. 하지만 어쩐지 나를……." 거기까지 말하고 그녀는 입을 다물었다.

"의심하는 것 같아서 불쾌하셨나요?"

가가의 말에 마치코는 저도 모르게 그의 옆얼굴을 바라보았 다. 자신의 마음속을 그대로 알아맞힌 말이었다. "딱히 근거가 있는 건 아니에요. 최초 발견자, 혹은 피해자와 연애 관계였던 사람은 일단 철저히 조사하는 게 수사의 철칙이라고 이해해주시면 고맙겠습니다."

"저는 그 두 가지 조건에 모두 해당된다는 거군요?"

"뭐, 그런 셈이죠. 하지만 수사원 대부분은 당신을 의심하지는 않을 겁니다."

"왜요?"

"이런 건 되도록 밝혀서는 안 되는 건데." 그는 그렇게 전제를 한 다음에 말을 이어갔다. "모리 씨의 사인이 뭔지 알고 있습니까?"

"아뇨, 잘 모르겠는데요. 목이 졸렸다는 말은 얼핏 들었지만."

"맞아요. 목을 끈 같은 걸로 졸랐어요. 게다가 상당히 강한 힘으로 조른 거 같아요. 끈이 파고든 흔적이 목에 또렷하게 남아 있었습니다."

"그 사람은 저항을 못 했을까요?"

"아뇨, 나름대로 저항을 한 모양이에요. 손톱 사이에 끈 소재로 보이는 것이 끼어 있었거든요. 재질을 상세히 조사해보면 어떤 끈이었는지도 알아낼 겁니다. 어쨌든 그렇게 저항했는데도 결국 교살당한 걸 보면 목을 조른 힘이 상당했다는 게 드러나지요. 모리 씨는 건장한 체격이었고 실내 상태를 보더라도 상당히 몸부림을 쳤다는 걸 알 수 있습니다. 그렇다면 당신처럼 자그마한 여자분이 하기에는 어려운 범행이라고 대부분의 수사원들이 짐작하고 있을 거예요."

"가가 씨는 어떻게 생각하시는데요?" 마치코는 조심스럽게 물어보았다.

"저 말입니까?" 가가는 앞을 바라본 채 잠시 조용히 있었다. 마침 앞쪽의 신호등이 빨간불로 바뀐 참이었다. 그게 파란불이 되고서야 그는 입을 열었다. "당신이 힘으로 모리 씨를 교살한다는 건 현실적으로는 불가능하겠지요."

빙빙 돌리는 그 말투가 마치코로서는 마음에 걸렸다. 하지만 거기에 대해 질문하는 건 그만두기로 했다.

"댄스스쿨 수업 뒤에 샤워를 하셨나요?" 가가가 물었다.

"아뇨." 대답하면서 왜 그런 걸 묻는 걸까, 하고 마치코는 생각했다.

"그래요? 그럼 호텔에 들어가면 미지근한 물에 샤워하고 곧바로 주무시는 게 좋을 거예요."

"네, 그럴게요."

"댄스는 오래 하셨어요?"

"대학 때부터 했어요."

"그렇다면 경력이 대단하겠군요. 댄서가 어렸을 때부터의 꿈이었어요?"

"댄서는……." 마치코는 입술을 적신 뒤에 말을 이었다. "두 번째의 꿈이었어요."

"두 번째? 그럼 첫 번째 꿈은 무엇이었는데요?"

가가의 질문에 마치코는 아무 말도 하지 않았다. 그 침묵을 그는 다른 의미로 해석한 모양이었다.

"아, 미안해요. 힘드실 텐데 쓸데없는 질문을."

"아니에요……."

첫 번째 꿈은 기계체조 올림픽 선수가 되는 것이었다고 말하면 이 형사는 어떤 얼굴을 할까, 라고 그녀는 생각했다. 하지만 그 말은 하지 않기로 했다.

"리사는 잠이 든 건가요?"

가가의 말에 마치코는 뒷좌석을 돌아보았다. 하지만 리사는 자고 있지 않았다. 좌석에 등을 기댄 채 엄마 쪽으로 시선을 던지고 있었다. 마치코는 그녀와 눈이 마주치자 천천히 눈을 깜빡였다.

4

사건 다음 날 아침, 마치코는 호텔 안의 카페에서 리사와 함께 아침을 먹었다. 리사는 학교 갈 준비를 마친 상태였다.

"컨디션은 어때? 어디 다친 데는 없지?" 햄에그를 입에 넣는 딸을 바라보며 마치코는 물었다.

"응, 괜찮아"라고 리사는 대답했다. "엄마는? 잘 잤어?"

"엄마는 아무래도 상관없어. 너는 밤새 잘 잤어?"

"응, 잘 잤어. 오랜만에 푹 자버렸어."

"그러면 이번 일요일은 문제없겠지?"

"물론이지. 나만 믿어."

리사는 웃으면서 토스트를 베어 먹었다. 어제 그런 큰일이 있었는데 전혀 생각도 안 나는 듯한 얼굴이었다. 대체 어떤 식으로 하면 저렇게 쉽게 기분 전환을 할 수 있을까, 하고 마치코는 자기 자식을 뭔가 전혀 다른 생물처럼 바라보았다.

하지만 웃고 있던 리사의 얼굴이 갑자기 어두워졌다. 그녀는 카페 입구 쪽을 보고 있었다. 마치코가 그쪽으로 고개를 돌려보니 가가 형사가 다가오는 중이었다.

"역시 여기 계셨군요. 방에 전화를 해도 없어서."

"아주 일찍 나오셨네요." 비꼬는 마음을 담아서 말했다.

"리사가 학교 가기 전에 만나려고 서둘러 나왔습니다." 그러면서 가가는 리사를 보았다. 하지만 리사는 그를 무시한 채 스프만 입에 떠넣고 있었다.

가가는 둥근 테이블의 빈 의자를 가리켰다. "여기 잠깐 앉아도 될까요?"

네, 그러세요, 라고 마치코는 대답했다. 그러잖아도 시원찮던 식욕이 완전히 사라져버렸다.

"어젯밤에는 편히 쉬었어요?"

"별로 잠은 못 잤지만, 되도록 그 일은 생각하지 않으려고 노력하고 있어요."

"그래요, 그게 좋겠지요." 가가는 고개를 끄덕이더니 다시금 리사에게로 눈을 돌렸다. "오늘은 학교를 쉴 거라고 생각했는데."

"이 아이만 호텔방에 남겨둘 수도 없으니까요. 나는 해야 할 일들이 있고요."

"아, 그렇겠군요."

가가는 이해했다는 얼굴이었다. 리사는 여전히 아무 말 없이 입만 움직이고 있었다. 형사 쪽은 쳐다보려고도 하지 않았다.

웨이터가 주문을 받으러 왔다. 가가는 커피를 부탁했다.

"확인할 게 두세 가지 생겼어요." 그가 말했다.

"뭔가요?"

"이건 바로 조금 전에 밝혀진 건데 어제 저녁에, 정확히 말하면 오후 5시 반부터 7시 전까지 댁의 현관문 앞에서 전기 공사가 있었다는군요."

"전기 공사?"

"보수 공사였대요. 모르셨어요? 관리인이 그런 사항을 적은 광고지를 우편함에 넣어두었다고 하던데."

"그런 걸 봤는지도 모르지만, 잊어버리고 있었어요."

사실이었다. 그 맨션은 낡아서 늘 보수 공사를 했다. 일일이 신경을 쓰기로 하면 한이 없었다.

가가는 리사 쪽으로 고개를 돌렸다.

"너는 집 앞에서 공사한다는 거, 몰랐니?"

"그 시간에 난 집에 없어서……." 리사는 고개를 숙인 채 대꾸했다.

"아, 그런가. 학교에서 곧장 스포츠클럽에 갔다고 했지?"

가가가 확인하듯이 말했지만 리사는 입을 꾹 다물고 있었다.

"근데 그 공사가 왜요?" 마치코가 물어보았다.

가가는 다시 몸을 돌려 마치코를 보았다.

"그 공사 담당자의 말에 따르면, 자기들이 일하던 중에는 아무도 그 집에서 나오거나 들어가지 않았대요. 그러니까 범인이든 모리 씨든 그 집에 드나든 것은 공사가 시작된 5시 반 이전이거나 아니면 공사가 끝난 7시 이후라는 얘기예요. 그래서 내가 물어보고 싶은 건 지금까지 모리 씨가 5시 반 이전의 이른 시간대에 찾아온 적이 있었느냐는 겁니다."

"아뇨, 그건……." 마치코는 잠시 생각해본 뒤에 말했다. "그런 적은 없었어요. 그 사람도 낮 시간에는 바빴거든요."

"수요일만은 예외였다거나 하는 일은?"

"아니, 그런 일은……."

"없었군요?"

네, 라고 마치코는 답했다. 발밑이 흔들리는 듯한 불안감이 가슴에 번져갔다.

가가는 수첩을 꺼내 뭔가를 확인하듯이 페이지를 넘겼다. 그리고 한 페이지에서 손을 멈추더니 생각에 잠긴 얼굴로 들여다보았다. 어떤 내용인지 자신은 전혀 알지 못하기 때문에 마치코는 은근히 불안했다. 이건 용의자를 공격할 때의 테크닉인지도 모른다고 그녀는 생각했다.

웨이터가 가가의 커피를 가져왔다. 그는 수첩에 시선을 고정한 채, 블랙 커피를 마셨다.

"모리 씨의 소지품 중에 시스템 수첩이 있었어요. 거기에 업무 일정 등이 적혀 있었죠. 그걸 보면 모리 씨는 매주 수요일마다 업무 때문에 한 레스토랑에 찾아갔었어요. 그 레스토랑 관계자에게도 확인했습니다. 대개는 2시쯤에 와서 4시쯤 돌아갔다고 하더군요. 어제도 그랬고요. 근데 문제는 그 레스토랑이 자리 잡은 장소예요. 실은 당신 집에서 아주 가까운 곳이에요. 차로 가면 불과 몇 분이면 도착할 겁니다. 대개는 그렇게 가까운 곳까지 왔다면 잠깐 연인의 얼굴을 보고 가려고 하지 않을까요?"

"낮에는 내가 집에 없다는 걸 알고 있으니까 안 왔겠죠."

"하지만 회계 사무실은 5시면 끝나잖아요? 바로 근처니까 곧장 나오면 당신은 5시 20분쯤에는 집에 돌아올 수 있어요. 댄스스쿨은 7시부터고, 여기도 걸어서 갈 수 있는 거립니다. 그렇다면 적어도 한 시간 이상은 함께 있을 수 있어요. 모리 씨는 복사키를 갖고 있었으니까 먼저 집에 가서 당신이 돌아오기를 기다렸다고 해도 그리 이상할 건 없겠죠." 마치 그렇게 두 사람이 만나는 걸 직접 보기라도 한 것처럼 자신감 넘치는 말투였다.

"아무리 그래도 실제로 그 사람이 그렇게 이른 시간에 온 적은 없었어요."

"그럼 왜 어제만 그렇게 이른 시간에 집에 왔을까요?"

"그러니까 집에 온 건 이른 시간이 아니었을 거예요. 전기 공사를 7시쯤까지 계속했다고 하셨죠? 그 사람은 아마 그다음에 왔을 거예요."

형사에 비해 자신의 목소리에 힘이 없다는 게 마치코는 답답하기만 했다. 하지만 적어도 고개를 숙이지는 말자고 마음 먹었다.

"그렇군요." 가가는 고개를 끄덕이더니 리사를 돌아보았다.

리사는 이제 식사도 멈춘 채 가만히 고개를 떨구고 있었다.

"그러면 다음 질문인데요, 혹시 이런 거 본 적 있어요?" 가가가 꺼낸 것은 폴라로이드 사진이었다. 거기에는 포장용 끈 뭉치가 찍혀 있었다.

"네, 본 적 있어요." 마치코는 대답했다.

"그러시겠죠, 집에 있던 물건이니까. 댁의 벽장 속에 있었어요."

반응을 살피는 듯한 가가의 눈을 그녀는 마주 쏘아보았다.

"네, 있었을 거예요. 가끔 짐을 포장하거나 신문을 묶는 데 썼으니까."

"감식 결과에 따르면 이 끈의 무늬와 모리 씨의 목에 찍힌 흔적이 정확히 일치했어요."

그 말에 마치코는 심장이 움찔 뛰었다.

"그래서요?" 마음의 동요를 억누르며 그녀는 말했다. "무슨 말을 하시려는 거예요? 그래서 우리가 그 사람을 죽였다는 건가요?" 목소리를 낮추는 건 가능했지만 떨리는 건 어쩔 수가 없었다.

가가는 눈을 둥그렇게 뜨고 고개를 저었다.

"그런 게 아니에요. 범인이 똑같은 끈을 준비했을 수도 있고 우연히 눈에 띈 이 끈을 흉기로 사용했을 수도 있습니다. 다만 한 가지 마음에 걸리는 게 있어요."

"뭔데요?"

"댁의 쓰레기통에서 이 끈을 포장했던 것으로 보이는 테이프가 발견되었어요. 그러니까 이 끈은 새것이었고 바로 최근에 포장을 뜯었다는 거예요. 포장을 뜯은 건 당신인가요?"

"그건……." 마치코의 머릿속에서 다양한 생각이 한순간에 교차했다. "네, 포장은 내가 뜯었어요. 그저께, 헌 잡지를 묶을 때 썼습니다. 이제 생각이 나는군요."

"헌 잡지를 묶을 때? 그때 몇 미터쯤 썼는지 생각나요?"

"그런 것까지는 생각이 안 나죠. 그냥 아무 생각 없이 잡지책을 둘둘 감았어요."

"그럼 잡지의 양은 어느 정도였어요?"

묘한 걸 묻는다. 가가의 의도를 알 수 없어서 마치코는 초조했다.

"글쎄요, 아마 스무 권 정도?"

"스무 권이라면 끈은 기껏해야 1미터나 2미터쯤이었겠군요. 거기 말고 다른 데 쓴 적은 없었어요?"

"네, 없어요. 그대로 서랍에 넣어뒀어요."

"그래요. 그렇다면 역시 이상하네." 가가는 고개를 갸우뚱하는 몸짓을 보였다.

"뭐가요?"

"실은 이 끈 뭉치를 살펴봤더니 벌써 20미터쯤을 썼어요. 20센티미터가 아니라 20미터입니다. 이 점에 대해서는 어떻게 생각해요?"

"20미터……?"

"조금 전에 해주신 이야기로 봐서는 범인이 사용했다고 생각할 수밖에 없겠군요. 하지만 20미터는 흉기로 썼다고 하기에도 너무 길어요. 대체 어디에 썼을까요?"

대답할 도리가 없어서 마치코는 입을 다물고 있었다.

"게다가 한 가지 더 이상한 게 있어요."

가가의 말에 마치코는 대응할 자세를 취했다. "뭐죠?"

"그렇게 방이 어질러져 있었는데도 이웃에서 몸싸움을 하는 듯한 소리를 들은 사람이 전혀 없어요. 물건이 떨어지는 소리도 부서지는 소리도, 아무도 듣지 못했대요. 이건 어떻게 된 걸까요?"

"글쎄요, 우연히 못 들은 거 아닌가요?"

"그럴까요? 하지만 옆집 아주머니는 어제 내내 집에 있었다고 했어요."

"아무튼 그런 건 나는 모르겠어요." 그렇게 말하고 마치코는 손목시계를 보는 척하며 리사와 함께 자리에서 일어섰다. "미안하지만 이만 실례할게요. 애가 학교에 늦을 거 같아요."

"아, 그렇군. 오래 붙잡고 있어서 미안합니다. 괜찮으시면 학교까지 태워드릴까요?"

"아뇨, 괜찮아요." 마치코는 리사의 손을 잡고 그 자리를 떠났다.

가가 형사가 틀림없이 자기들을 의심한다고 그녀는 생각했다. 하지만 무슨 근거로 의심하는지를 알 수 없었다.

어떻게든 뚫고나가야 해, 라고 그녀는 생각했다. 이런 데서 발목이 잡힐 수는 없다. 리사와 함께 2인 3각으로 살아온 이 생활만은 어떻게든 지켜내야 한다—.

5

리사를 학교에 데려다주고 돌아오는 길에 마치코의 휴대전화가 울렸다. 액정 화면에 표시된 번호를 보고 누구인지 알았다. 별로 통화하고 싶지 않은 사람이었지만, 그냥 무시할 수는 없었다. 길가로 옮겨서 통화 버튼을 눌렀다.

"여보세요."

"아, 마치코? 나야."

"응."

헤어진 남편이었다. 자신의 이름을 서슴없이 불러대는 게 그다지 기분이 좋지는 않지만 그러지 말라고 나무란 적은 없었다.

"사건이 있었다면서?"

"들었어?"

"방금 전에 경시청 형사가 찾아왔었어. 이래저래 캐묻던데."

"응······."

경찰로서는 당연한 행동인지도 모른다. 우연히 강도가 침입했다고 하기보다는 구스노키 모녀와 어떤 식으로든 관계가 있는 사람의 범행이라고 하는 게 자연스러울 것이다. 살해된 모리 씨는 일단 마치코와 연인 관계였으니까 그에게 원한을 품을 만한 인물로서 당연히 전 남편의 이름이 용의선상에 올랐을 터였다.

"번거롭게 했다면 미안해."

"아니, 그건 괜찮아. 다행히 나는 확실한 알리바이가 있어서 형사들이 의심은 안 하는 거 같았어."

"다행이네."

"그나저나 리사는 어때? 충격 받은 거 아냐?"

"겉으로 보기에는 명랑한 편인데 어떤지 모르겠어. 아마 괜찮지는 않을 거야."

"그야 그렇겠지." 그리고 그는 잠시 틈을 둔 뒤에 말했다. "나, 오늘은 시간이 있는데."

마치코는 우울한 기분이었다. 그가 무슨 말을 하려는지 알고 있었기 때문이다.

"그래서?"

"아니, 내가 그쪽에 가봐야 하는 거 아닌가 싶어서. 이래저래 힘들 텐데."

"응, 힘들기는 한데 괜찮아. 리사하고 둘이서 어떻게든 해볼 테니까."

이럴 때 헤어진 남편이 나타나봤자 괜히 더 혼란스러울 뿐이라는 게 그녀의 본심이었다.

"그래? 하지만 어려운 일이 있으면 언제든지 말해. 나도 힘 닿는 대로 도와줄 테니까."

오랜만에 듣는 그의 목소리에는 다정함이 가득했다. 아마 진심으로 걱정하는 것이리라. 마치코는 문득 마음이 흔들릴 뻔했다. 하지만 지금 그에게 기댈 수는 없었다.

"고마워, 리사한테 전할 말 있어?"

"아, 그래. 마음 내키면 전화 좀 해달라고 전해줘."

"알았어."

"그럼, 잘 지내. 무슨 일 있으면 꼭 전화해."

고맙다고 다시 한번 말하고 마치코는 전화를 끊었다.

걸음을 옮기며 그녀는 전 남편에 대해 생각했다. 그와 함께 살았던 날들. 만일 두 사람 사이에 태어난 게 리사 같은 딸아이가 아니었다면 분명 훨씬 더 사이좋게 살았을 거라는 마음이 있었다.

남편은 종합상사에 다니는 평범한 회사원이었다. 프러포즈를 받았을 때는 마치코도 평범한 직장여성이었다. 결혼해서 평범한 아내가 되었다. 이윽고 리사가 태어나고 평범한 엄마가 되었다. 하지만 평범했던 건 거기까지였다. 리사가 하루하루 커가면서 마치코의 내면에 있던 뭔가가 부풀어 오르기 시작했다.

리사는 천부적인 운동신경을 갖고 있었다. 적어도 마치코의 눈에는 그렇게 보였다. 내 피를 이어받은 재능, 아니, 나보다 훨씬 뛰어난 재능이 있어―. 리사가 일어서서 걷기 시작했을 무렵부터 마치코는 그런 확신을 가졌다. 균형 감각, 유연성, 순발력, 모든 것이 최상급이었다.

체조를 가르치겠다는 마치코의 의견에 남편은 반대했다. 위험하다는 것이 가장 큰 이유였다. 리사를 평범하게 키우고 싶다고 그는 주장했다.

"당신은 아무것도 몰라. 지금 여기서 리사에게 체조를 가르치지 않는 건 귀중한 재능을 매장하는 일이야."

"너무 오버하지 말라고. 무슨 올림픽에 나갈 것도 아니고."

"아니, 기왕 하는 거, 반드시 올림픽을 목표로 할 거야. 당연한 일 아냐?"

"그건 망상이겠지."

"나는 그 망상을 이루기 직전까지 갔었어. 다치지만 않았어도."

수없이 말다툼을 하던 끝에 결국 마치코는 억지로 리사를 학원에 데려갔다. 예전부터 알고 지내던 스포츠클럽의 회장은 한눈에 리사의 재능을 알아보았다.

"소중히 키워야겠어." 그런 말을 들었을 때는 눈물이 날 만큼 기뻤다.

2인 3각은 그날부터 시작되었다. 마치코는 생활의 거의 모든 것을 리사의 트레이닝을 중심으로 다시 짰다. 식생활과 생활 리듬, 주거 환경까지 모두 다 바꾸었다. 필연적으로 마치코의 눈에 남편의 모습은 들어오지 않았다. 그녀가 남편에게 원하는 것은 리사를 체조 선수로 키울 수 있는 환경과 그것을 뒷받침해주는 경제력뿐이었다.

"당신은 대체 어쩌자는 거야? 이런 식으로 가정을 희생하고서 리사가 행복할 거 같아?" 어느 날, 마침내 남편이 고함을 내질렀다. 당장 체조를 그만두라고 했다.

"리사의 재능을 살리겠다는데 그게 왜 나빠? 체조로 크게 성공하면 리사는 틀림없이 행복해질 거야. 리사의 행복이 우리의 행복 아냐? 당신은 그렇지 않아?"

"그런 건 행복이 아니야."

"당신은 너무 이기적이야."

"대체 누가 이기적인지 모르겠네."

아마 그도 어지간히 오랫동안 꾹꾹 참았을 거라고 이제야 마치코는 생각했다. 회사 일이 바쁜 그는 휴일이 아니면 딸을 볼 수 없었다. 하지만 그 휴일의 즐거움조차 그에게는 주어지지 않았다. 아이들이 졸라대는 통에 휴일이면 어쩔 수 없이 가족에게 봉사해야 한다고 툴툴대는 아버지들을 그는 부러워했을 것이다.

그가 다른 여자를 사귄다는 건 대충 눈치를 챘었다. 그 점에 대해 마치코는 아무 말도 하지 않았다. 오히려 잘됐다고 생각하기도 했다. 그녀에게는 남편을 바라보고 있을 여유가 없었다.

하지만 결국 이혼이라는 말을 꺼낸 건 마치코 쪽이었다. 부모가 허구한 날 다투는 모습을 리사에게 보여주기 싫었기 때문이다.

남편은 딱 하룻밤 고민해보고는 좋다고 했다. 그도 다른 방법이 없다고 생각한 모양이었다.

"당신한테는 졌다." 부루퉁하게 그는 말했다. "하지만 이 말만은 해야겠어. 리사를 불행하게 만들면 당신 용서 안 해."

그럴 일은 절대로 없다고 그녀는 강한 어조로 대답했었다.

이혼한 뒤로 그녀는 더욱더 딸을 체조 선수로 만드는 일에 열정을 쏟았다. 이제는 리사만이 삶의 보람이라고 해도 과언이 아니었다. 스포츠클럽에서도 그녀는 '호랑이 엄마'로 소문이 났다. 체조에 관해서만은 일절 타협하는 일이 없었기 때문이다.

하지만 리사에게 심하게 대한 적은 한 번도 없었다. 마치코에게 가장 두려운 일은 리사가 체조에 싫증을 내는 것이었다.

연습을 빼먹은 날에도 그녀는 딸을 나무라지 않았다. 그 대신 딸에게 호소했다. 엄마가 얼마나 기대하고 있는지, 얼마나 큰 꿈을 꾸고 있는지, 그리고 이게 가장 중요한 것인데, 엄마가 얼마나 리사를 소중하게 생각하는지.

엄마의 기대가 부담스러울 때도 있었겠지만 차츰차츰 리사는 마치코와 똑같은 꿈을 꾸게 되었다. 이제는 스스로 나서서 체조에 열심히 뛰어들었다. 올림픽에 대한 생각도 꽤 구체적으로 잡힌 모양이었다.

그랬는데, 라고 마치코는 자기도 모르게 입술을 깨물었다.

리사와 둘만의 생활이 5년씩이나 이어지면서 얼마간 마음이 느슨해진 건 사실이었다. 리사의 기술이 착실하게 향상되면서 이제는 마치코가 훈수를 둘 필요도 없어졌다. 그것 때문에 외로움을 느낀 적도 있었다. 똑같은 하루하루가 반복되면서 신경이 무뎌진 것도 있었다. 흔한 말로 자극이 필요했었다고나 할까. 어느샌가 마음속에 빈틈이 생겨났다. 그 틈을 비집고 들어온 남자가 있었다.

모리 슈스케는 마치코가 댄스를 가르치던 주부를 통해 알게 되었다. "백화점 외판 직원을 통해서 물건을 사면 짝퉁에 걸릴 일도 없고 가격도 할인해준다니까. 게다가 그 백화점에서 쇼핑을 하면 다양한 특전도 있어"라는 게 그 주부가 열을 내어 한 말이었다. 마치코는 별로 관심이 없었지만, 이것도 사교라는 생각으로 그 백화점 외판부 사람을 소개받기로 했다. 그렇게 알게 된 것이 모리 슈스케였다.

모리는 온화한 말투를 가진 분위기 좋은 사람이었다. 실제로는 마치코보다 한 살 아래였다. 처음 만났을 때는 연상인 줄 알았을 만큼 차분한 분위기의 사람이었다.

하지만 그때 첫눈에 반한 건 아니었다. 역시 몇 차례 만나다 보니 빠져들었다고 하는 게 맞을 것이다. 외판부를 통해 주문했을 경우, 다음 날이면 그가 물건을 집까지 배달해주었다. 하루하루 일에 쫓겨서 느긋하게 쇼핑을 할 수 없는 그녀에게는 너무나 고마운 서비스였다. 그래서 필연적으로 그가 그녀의 집을 방문하는 횟수도 많아졌다.

누가 먼저 만나자고 했는지, 이제 와서는 정확하게 말할 수도 없다. 모리가 살아 있다면, 당신이 먼저 만나자고 했지, 라고 빙글빙글 웃으며 말할지도 모른다. 하지만 키스를 해온 건 그였다고 마치코는 단언할 수 있다.

모리에게도 이혼 경력이 있었다. 하지만 불과 2년 전이었다. 바람을 피우다가 딱 걸려버렸어, 라고 그는 이혼 사유를 스스럼없이 말했다. 지금 내게 별다른 재산이 없는 건 위자료로 잔뜩 뜯겼기 때문이야, 라고도 했다. 하지만 아이가 없었던 모양이니까 그리 큰 액수는 아니었을 거라고 마치코는 내심 짐작하고 있었다.

농담으로라도 모리가 결혼이라는 말을 입 밖에 낸 적은 한 번도 없었다. 그건 당연하다고 그녀는 받아들였다. 한 번 결혼에 실패한 남자가 이제 곧 중학생이 될 딸이 있는 여자와 진심으로 함께 살 마음을 먹을 리 없었다. 그저 잠깐 동안의 심심풀이로 나와 사귀는 거라고 마치코는 항상 스스로에게 말하곤 했다. 요즘 어쩌다가 그의 주변에 성욕을 채워줄 만한 적당한 여자가 없었던 것뿐이다. 그가 내게 바라는 건 성욕의 처리와 머리칼을 휘날려가며 벌어들인 푼돈뿐인 것이다. 그러니 나도 절대로 마음을 빼앗겨서는 안 된다고 마음속으로 되뇌어왔다. 내게는 리사가 있다. 리사가 첫 번째, 연애는 두 번째다—.

그런 의미 없는 교제라면 하루 빨리 끝내는 게 좋다고 생각했지만, 실제로는 그러지 못했다. 그가 찾아오면 맞아들일 수밖에 없고, 덮쳐오면 저항하는 일 없이 그 품에 안겨버렸다. 그리고 그게 기쁘기도 했다. 객관적으로 그를 특별히 매력적인 남자라고는 생각한 것도 아니었으니까 결국은 외로웠던 거라고, 마치코는 얼마간 자학적으로 자기분석을 했다. 그라는 남자와 관계를 이어가는 것을 통해 자신이 아직 여자를 포기한 건 아니라는 점을 확인하고 싶었던 것이다—.

모리의 사체를 목격했을 때, 슬퍼하기보다 안도하는 마음이 크다는 것을 마치코는 깨달았다. 이걸로 이제 쓸데없이 괴로워할 것 없이 끝나는구나, 라는 안도감이었다.

하지만—.

어쩌면 이미 늦었는지도 모른다.

6

사건이 터진 날부터 오늘까지의 일을 되짚어보며 마치코는 제발 이대로 아무 일도 일어나지 않기만을 빌었다. 어제는 형사가 찾아온다는 것을 거절했다. 오늘도 내일도, 그리고 앞으로도 내내 우리 모녀를 조용히 살게 해줬으면 하고 마음속으로 빌었다.

시합 장소는 시내 모 사립 고등학교 체육관이었다. 모든 설비가 완벽하게 갖춰졌을 뿐만 아니라 전체를 내려다볼 수 있는 관객석이 있기 때문이라고 마치코는 들었다. 하지만 이제 곧 시합이 시작되는데도 그 훌륭한 객석에 사람이 거의 없었다. 그녀는 맨 앞자리에 앉아 가방 속에서 노트와 볼펜을 꺼냈다. 그리고 리사의 모습을 찾았다. 리사는 다른 아이들과 함께 스트레칭을 하고 있었다. 가까이 다가가 격려의 말을 해줄까도 생각했지만 역시 관두기로 했다.

문득 인기척이 느껴졌다. 바라보니 가가 형사가 그녀 바로 옆자리에 앉으려고 하는 참이었다.

"가가 씨가 어떻게 여기에?"

"시합을 좀 보고 싶어서요. 안 될까요?"

"아뇨, 하지만……."

"꽤 덥군요." 그렇게 말하며 그는 상의를 벗었다. 그리고 손에 든 편의점 봉투에서 캔 커피를 꺼내들었다. "드실래요?"

"아뇨, 난 괜찮아요."

"그럼 실례합니다." 그는 캔 커피의 마개를 당겼다. "체조 경기를 보는 건 처음이에요."

"어머, 그래요?"

"텔레비전으로는 가끔 봤죠. 일본 여자부는 요즘 좀 시들한 것 같던데요."

평소 같으면 이런 문외한의 의견에는 따끔하게 한마디 쏘아붙였을 것이다. 하지만 지금은 그런 것을 따지고 있을 때가 아니었다.

이 형사가 무엇 때문에 이곳까지 찾아왔을까. 여기서 이렇게 옆자리에 앉아 무슨 말을 하려는 걸까. 마치코는 생각을 더듬었다. 하지만 그 생각이 미처 정리되기도 전에 가가 형사는 입을 열었다.

"메밀국수 가게를 찾았어요."

"메밀국수 가게?"

"네, 메밀국수 가게. 그날 점심때 모리 씨가 갔었던 식당이죠. 위의 내용물을 통해 메밀국수를 먹었다는 건 밝혀졌는데 어떤 가게에 들어갔는지는 알지 못했었거든요. 모리 씨는 직업상, 낮에는 회사 라이트밴을 타고 도쿄 전역을 돌아다녔으니까요."

"용케도 찾아내셨네요." 마치코는 정말로 순수하게 그 점에 감탄했다.

"운이 좋았죠. 위에서 청어가 나왔거든요."

"청어?"

"청어메밀이라는 게 있는데, 알아요?"

아뇨, 라고 그녀는 머리를 저었다. 정말로 그런 건 알지 못했다.

"메밀국수에 청어조림을 넣은 요리라는군요. 간사이 지방에서는 그리 특이한 요리도 아니라는데 이쪽에서는 거의 들어본 적이 없는 요리지요? 형사 중에 교토 출신이 있어서 메밀면과 청어조림이 위에서 나온 걸 보고는 피해자가 청어메밀을 먹었을 거라고 하더라고요. 모리 씨의 직장 동료에게 물어봤더니 분명 그가 좋아하던 음식이래요. 하지만 도쿄 지역에는 제대로 된 청어메밀을 해주는 식당이 거의 없다고 툴툴거렸던 모양이에요. 그래서 도쿄 전역의 메밀국수 가게마다 일일이 문의해서 청어메밀 전문점의 리스트를 만들었어요. 모리 씨 사진을 들고 탐문수사를 하러 돌아다닌 끝에 그의 얼굴을 기억하는 가게를 찾아낸 겁니다."

"그러셨군요."

모리가 오사카 출신이라는 게 생각났다. 가끔 이야기 끝에 튀어나오는 간사이 사투리가 싫지는 않았다.

"모리 씨가 그 가게에 찾아온 건 오후 2시쯤이었어요. 2시부터 5시까지는 '준비 중' 팻말을 내걸고 문을 닫는데, 그 직전에 뛰어들어 청어메밀을 주문했기 때문에 점원이 기억하고 있었죠."

"그 사람이 메밀국수를 먹었다는 게 이번 사건하고 무슨 관계가 있어요?" 마치코는 답답한 마음이 들어 그렇게 물었다.

"사망 추정시각과 관계가 있어요." 가가가 대답했다. "먹은 시각을 알면 소화 상태를 통해 사망 추정시각을 상당히 정확하게 밝혀낼 수 있거든요. 모리 씨가 살해된 것은 청어메밀을 먹은 뒤 4시간 이내, 라는 게 부검에서 판명되었습니다. 메밀국수를 먹은 게 2시라면 6시에는 이미 살해되었다는 얘기죠."

"그렇겠네요."

"네, 그렇다면 5시 반부터 7시 조금 전까지 그 집 현관문을 드나든 사람이 없었다는 전기 공사 담당자의 증언이 중요해집니다. 모리 씨는 5시 반 이전에 집 안에 있었다는 거예요. 모리 씨만이 아니라 범인도 그랬겠지요. 그럼 그 무렵의 시간대에 알리바이가 없는 사람은 누구인가."

"구스노키 마치코, 라고 하시려는 건가요?"

"네, 그리고 또 한 사람, 리사가 있죠."

"정말 말도 안 돼!" 마치코는 내뱉듯이 말했다. "대체 어디를 어떻게 들쑤시면 그런 말도 안 되는 이야기가 나오는 거죠? 무슨 증거로 그런 말을 해요?"

그러자 가가는 긴 한숨을 내쉬더니 손끝으로 미간을 긁적였다.

"페르시안 친칠라를 품에 안았었지요?"

"예?"

"고양이 말이에요. 집 근처 약국의 고양이를 품에 안았었지요, 수요일 아침에?"

"그게 어떻다고요?"

"사체에 붙어 있었어요, 그 고양이의 털이."

에엣, 하고 마치코는 소리를 올렸다.

"그 고양이는 수요일 이전에는 그 동네에 없었어요. 따라서 모리 씨의 몸에 털이 붙었다는 건 당신이나 리사, 둘 중의 한 사람이 간접적이나마 그와 접촉했었다는 얘기예요."

선수들의 연습이 시작되었다. 리사도 도마跳馬의 높이 등을 확인하고 있었다. 하지만 그 모습도 지금의 마치코의 눈에는 제대로 들어오지 않았다.

어떻게든 이 궁지를 벗어날 방법이 없을지 필사적으로 생각을 굴렸다. 하지만 어디에도 빠져나갈 길은 없는 것 같았다. 이가가라는 형사는 외통수 장기를 두듯이 천천히, 그리고 확실하게 그녀를 궁지로 몰아넣은 것이다.

각오했던 일이다. 언제까지고 피할 수 있다는 건 역시 꿈이었던 것이다.

마치코는 후우 한숨을 내쉬었다. 동시에 어깨 힘도 스르르 빠졌다.

"어쩔 수가 없군요."

"사실대로 말해주시지요."

"네." 다시 한번 한숨을 내쉬고서 마치코는 말했다. "내가 죽였어요."

"당신이?"

"네. 그날 회계 사무실에서 일을 끝내고 곧바로 집에 돌아갔어요. 그 사람하고 만나기로 약속을 했으니까요. 그 사람에게 다른 여자가 생겼다는 걸 알았어요. 그걸 추궁할 생각이었습니다. 사과하면 용서해주려고 했는데 그 사람은 그러지를 않더군요. 오히려 나를 나무라더라고요. 돈 때문에 할 수 없이 만나준다나, 그런 말을 했어요. 그래서 너무 화가 나서……."

"그래서 목을 졸랐다고요?"

네, 라고 마치코는 답했다.

"죽여놓고는 너무 무서웠어요. 어떻게 해야 할지 알 수가 없더라고요. 아무튼 뒷일은 나중에 생각하자고 마음먹고 집을 나오려고 했어요."

"하지만 집 밖에서 전기 공사를 하고 있었을 텐데요."

"그래서 공사 끝날 때까지 숨을 죽이고 있다가 아무도 없다는 걸 확인하고 집을 나왔어요."

"그게 몇 시쯤이죠?" 가가는 물었다.

"7시쯤이었을 거예요."

"그런가요?"

"댄스스쿨에서 수업을 하면서도 사체를 어떻게 해야 하나, 내내 그 생각만 했어요. 결국 강도가 든 것으로 위장하기로 했어요."

"문이 잠기지 않았다는 건 거짓말이었지요?"

"네. 택배 기사의 부재중 연락표를 보고 거짓말이 생각났어요. 잘하면 범인이 7시 이후에 도망간 것으로 할 수 있을 거 같아서."

"알리바이를 만든 거군요."

"하지만 전혀 쓸모없는 짓이었네요. 위의 내용물로 그렇게 정확히 죽은 시각을 알아낼 줄은 생각도 못했어요." 그리고 마치코는 피식 웃었다. "그 사람이 청어메밀이라는 걸 좋아했다니, 난 전혀 몰랐어요……."

"흉기로 사용한 끈은 어떻게 했어요?"

"둘둘 말아서 역의 쓰레기통에 버렸어요."

"어째서 20미터씩이나?"

"그건 처음에는 사체를 묶으려고 했기 때문이에요. 혹시라도 내가 없는 동안에 숨이 돌아오면 큰일이다 싶어서."

"하지만 묶지 않았다는?"

"네, 아무리 봐도 죽은 것 같았으니까요."

"사체를 묶는다고 해도 20미터는 너무 길군요."

"그렇죠? 내가 어지간히 정신이 없었나 봐요."

가가는 고개를 끄덕였다. 하지만 그녀의 말을 받아들이는 표정은 아니었다. 미간을 좁히며 마치코를 빤히 바라보는 눈은 어딘가 서글픈 빛을 띠고 있었다.

"그게……." 그는 말했다. "당신의 두 번째 꿈이었습니까?"

"네?"

"잠깐 실례합니다." 가가는 그렇게 말하고 오른손을 마치코 쪽으로 스윽 내밀었다. 그의 손이 그녀의 머리칼에 닿았다. "깨끗하게 커트했군요. 미용실은 언제 갔지요?"

마치코는 흠칫했다.

"글쎄요, 언제였는지 모르겠네."

그러자 가가는 수첩에 시선을 떨구었다.

"단골로 다니는 미용실은 '사브리나', 현재 근무하는 회계 사무실 근처."

"어떻게 그걸?"

"당신 방에 있던 주소록을 보고 메모해뒀어요."

"어느 틈에……."

"당신과 리사를 이케부쿠로의 호텔까지 태워다준 다음에. 단골로 다니는 미용실의 연락처를 꼭 알고 싶었거든요."

"왜 나한테 묻지 않았어요?"

"그걸 물었다면 당신이 경계를 했겠지요. 그러면 당신이 뭔가 대책을 강구해낼 우려가 있었어요."

마치코는 입을 꾹 다물었다. 그의 말대로 만일 그때 그런 질문을 받았다면 틀림없이 뭔가 대책을 세웠을 것이다.

"수요일에 당신은 미용실에 갔었어요." 가가는 조용히 말했다. "속이려고 해도 소용없어요. 이미 미용사에게 확인했습니다. 그날 당신이 미용실에서 머리를 자른 건 오후 5시 반부터 6시 반까지였어요. 그러니까……." 그는 마치코의 얼굴을 빤히 바라보았다. "당신이 모리 씨를 죽이는 건 불가능해요."

"아니에요, 내가 죽였다니까요."

"구스노키 마치코 씨." 가가는 가만히 고개를 저었다. "당신에게는 처음부터 완벽한 알리바이가 있었어요. 애초부터 거짓 증언을 하고 알리바이를 짜 맞출 필요가 없었습니다. 그게 필요한 건 당신이 아니라 저 아이……. 그렇죠?"

가가가 손끝으로 가리킨 것은 이제 막 경기에 들어가려는 리사였다.

마치코는 심호흡을 했다.

"5시 반부터 7시 직전까지 우리 집에서 아무도 나가지 않았다는 건 전기 공사하던 사람이 증언했잖아요? 리사는 7시에는 스포츠클럽에 가 있었어요. 집에서 스포츠클럽까지는 아무리 빨리 가도 30분은 걸린다고요. 그러니까 저 아이에게도 알리바이가 있어요."

"그러면 한 가지 묻겠습니다. 조금 전에 당신이 말했지요? 사체를 발견했을 때, 사실은 현관문이 잠겨 있었다고. 범인이 당신도 아니고 리사도 아니라면 대체 어떻게 집에서 나온 뒤에 문을 잠갔을까요?"

"그, 그건……." 마치코는 침을 꿀꺽 삼켰다. "그건 별로 이상한 일도 아니잖아요? 실은 창문이 잠겨 있지 않았으니까요. 그러니까 추리소설에 나오는 밀실 같은 건 아니었어요. 범인은 창문으로 달아났을 거라고요."

그녀의 말을 듣던 가가의 얼굴이 문득 부드럽게 풀어졌다.

"창문이 잠기지 않았었다? 정말인가요?"

"정말이에요."

그러자 가가는 크게 고개를 끄덕였다.

"알겠어요. 이제 모든 수수께끼가 풀렸습니다. 당신 말대로 범인은 창문으로 달아났겠네요. 그래서 저 아이가 전기 공사 작업원의 눈에 띄지 않고 집을 탈출할 수 있었군요." 그렇게 말하면서 가가는 다시 리사를 가리켰다.

"아니라니까요. 저 아이가 어른 남자의 목을 어떻게 조를 수 있겠어요?"

"어른 남자라도⋯⋯." 가가는 말했다. "자고 있었다면 저항할 수 없었겠지요."

"예?"

"리사의 침대에서 모리 씨의 머리카락이 발견되었어요. 아마 모리 씨는 당신을 기다리다 침대에서 깜빡 잠이 들었을 겁니다. 그걸 발견한 리사는 그의 목에 끈을 감았습니다. 하지만 평범하게 감은 게 아니었어요. 리사는 20미터나 되는 끈을 준비했습니다. 그 3분의 1쯤 되는 곳에서 모리 씨의 목을 감은 뒤에 길게 남은 쪽을 어딘가 탄탄한 곳에, 이를테면 기둥이나 문 손잡이 등에 건 다음에 끈의 양쪽 끝을 쥐고 베란다로 나갔어요. 그리고 목격자가 없다는 것을 확인하고 끈을 쥔 채로 뛰어내린 거예요."

가가의 말을 듣는 동안에도 마치코는 내내 고개를 저었다. 하지만 더 이상 그것이 부정의 뜻으로 보이지 않으리라는 것을 그녀 스스로도 알고 있었다. 두 눈에서 눈물이 흐르는 것을 어떻게 해도 막을 수가 없었다.

"아무리 건장한 모리 씨라도 느닷없이 소녀의 전 몸무게가 걸린 끈이 목을 조여왔다면 미처 저항할 새도 없었겠지요. 저항이 완전히 사라진 것을 확인하고 리사는 한쪽 끈을 천천히 놓았습니다. 끈은 모리 씨의 목을 강하게 쓸면서 풀렸겠지요. 그와 동시에 리사의 몸은 적당한 속도로 밑으로 내려갔습니다. 천재 체조 소녀에게 그 정도 재주는 식은 죽 먹기였겠지요. 무사히 착지한 소녀는 끈을 완전히 회수하고 태연한 얼굴로 스포츠클럽으로 갔습니다."

"아니에요. 저애는 아무 짓도 안 했어요. 저애가 범인이라는 증거가 어디 있어요?"

"그거라면……." 가가는 말했다. "당신은 누구를 위해 자신이 범인이라고 했지요? 당신이 대신 잡혀가더라도 반드시 지켜주려는 사람이 누굽니까?"

그의 날카로운 눈빛에 마치코는 압도되었다. 뭔가 반론해야 한다고 생각했지만 말이 나오지 않았다.

"아마도 당신은 현장을 목격한 그 순간에 범인이 누구인지 알았을 거예요. 하지만 어떻게든 당신에게도 리사에게도 혐의가 걸리지 않도록 하고 싶었겠지요. 방 안을 마구 어질러놓고 사체를 큰방 쪽으로 옮긴 것도 그것 때문입니다. 하지만 당신은 한 가지 각오를 했어요. 만일의 경우, 자신이 잡혀가더라도 리사만은 지키겠다는 것. 그래서 완벽한 알리바이가 있는데도 그 말을 우리에게 하지 않았습니다. 그날 당신을 호텔에 데려다줄 때, 당신의 머리칼에서 나는 샴푸 향기를 내가 눈치채지 못했다면 아마도 당신의 그 두 번째 꿈은 이루어졌을지도 모르지요."

"샴푸? 아, 그러면⋯⋯."

"분명 미용실에 다녀온 느낌이었는데 당신이 진술한 그날의 행동에서는 그 얘기가 나오지 않더군요. 그래서 분명 뭔가 있을 것이다 하고 조사해볼 마음이 들었죠."

"그것 때문이었군요."

가가가 샤워를 했느냐고 물었던 게 생각났다.

"당신은 언제부터⋯⋯."

"언제부터, 라는 건 없었어요. 이것저것 알아보는 중에 진실이 서서히 잡혔지요. 하지만 굳이 말하자면 처음에 당신 이야기를 들었을 때부터 의심했었어요."

"처음에?"

"당신은 주방이 어질러진 걸 보고 큰방에 가서 사체를 발견한 뒤에 경찰에 신고했다고 했어요. 그리고 그다음에는 가만히 앉아 있었다고 했습니다. 그렇지요?"

"네……."

"대개는 반드시 작은방 쪽을 봤을 거예요. 딸이 혹시라도 피해를 당했을까 봐 걱정이 되어서."

그의 말을 듣고 마치코는 눈을 질끈 감았다. 맞는 말이었다. 경찰의 의식을 실제 현장인 작은방에서 다른 데로 돌리려고 그렇게 말해버렸던 것이다. 하지만 그게 도리어 역효과를 냈다.

"동기는 무엇일까요?" 가가는 물었다.

"그건 아마…… 엄마의 배신에 대한 보복일 거예요."

"엄마의 배신?"

"약속을 했거든요. 엄마와 딸, 둘이서 힘을 합해 올림픽을 향해 달리자고. 내가 이루지 못한 꿈을 리사가 이뤄낼 때까지 절대로 다른 일에는 마음을 빼앗기지 않겠다고."

모리 씨를 만난 뒤에도 리사를 첫 번째로 생각해왔지만, 리사에게는 강한 불만이 있었던 것이리라. 분명 모든 것을 희생하며 리사를 뒷받침해주겠다는 맹세를 깨기는 했다.

"저애만은……." 마치코는 딸의 모습을 바라보았다. 리사는 평균대로 향하는 참이었다. "꼭 꿈을 이뤄주기를 바랐는데."

"일단 지켜봐야지요."

리사가 평균대에 뛰어올라 가슴을 활짝 폈다.

어그러진 계산

1

두툼한 구름이 햇살을 가로막고 있었다. 바깥에 나가면 살 갗이 얼얼할 만큼 공기가 차갑다. 이런 날에 일부러 가게에 찾 아오는 손님은 별로 없었다. 후지야 꽃집의 여점원은 가게 안 쪽 작업대에서 장미를 넣은 꽃꽂이를 만들고 있었다. 근처 빌 딩에 배달하기 위한 것이었다. 그 빌딩 2층에 이탈리안 레스토 랑이 개업을 한 것이다. 꽃 주문은 전화로 받았다. 전화를 걸어 온 남자 손님은 장미를 적당히 넣어서 화려하게 만들어달라고 주문했다. 하지만 손님의 예산을 듣고 그녀는 크게 실망했다. 귀하고 값비싼 꽃을 배합할 만한 액수가 아니었던 것이다. 결국 안개꽃을 조금 섞어 넣은 정도의 흔해빠진 꽃꽂이가 나와 버렸다.

"불경기잖아. 다들 꽃에 돈을 쓸 여유가 없어." 주문 내용을 들은 주인은 체념한 듯이 말했다. 그리고 한숨을 섞어 이런 말을 하는 게 일과가 되었다.

"이 근처에서 누가 좀 죽기라도 했으면 좋겠다만. 그러면 당장 바빠질 텐데."

"에구, 그런 벌받을 소리를!" 그녀는 웃으며 나무랐다. 하지만 그가 하는 말이 딱히 농담만은 아니라는 건 잘 알고 있었다. 어디선가 장례식을 하면 분명 꽃이 잘 팔렸다.

그 장례식과 관계가 있는 손님이 찾아온 것은 여점원의 작업이 반절쯤 진행되었을 때쯤이었다.

유리문을 여는 소리가 났다. 그와 동시에, 안녕하세요, 라는 여자의 목소리가 들렸다. 여점원이 입구를 바라보니 검은 코트를 입은 여자가 서 있었다. 낯익은 얼굴이다. 여전히 쓸쓸한 표정이었다. 살빛이 하얀 데다 여위어서 더욱더 그렇게 보이는 것이리라.

"어서 오세요."

여자 손님은 미소를 지으며 가게 안을 둘러보았다.

"이곳은 항상 따뜻하네요."

"그렇죠? 하지만 너무 따뜻하면 좋지 않답니다."

"아, 그렇기도 하겠네요."

여자 손님은 손에 아무것도 들지 않았지만 유리문 밖에 편의점 봉투가 놓여 있는 게 보였다. 뭘 샀는지 봉투가 상당히 불룩했다.

"오늘도 역시 늘 하던 그걸로?" 여점원이 물었다.

"네, 국화를 중심으로."

"그리고 마거리트지요?"

네, 그래요, 라고 여자 손님은 고개를 끄덕였다.

이 손님은 며칠 전부터 매일같이 찾아왔다. 올 때마다 사 가는 꽃은 어김없이 국화와 마거리트였다.

그녀에 대해서는 주인이 잘 알고 있었다. 지난주에 남편이 교통사고로 세상을 떠났다는 것이다. 역 앞에서 일어난 그 사고는 너무나 참혹해서 이 동네에서도 꽤 화제가 된 모양이었다.

여자 손님이 꽃을 사 가는 건 불단에 올리기 위해서일 터였다. 그렇게 생각하니 여점원은 꽃을 고르는 손길이 신중해졌다. 되도록 아름다운 꽃으로 챙겨주고 싶었기 때문이다.

꽃을 받아 든 여자 손님이 돌아가고, 자리를 바꾸듯이 배달을 나갔던 주인이 돌아왔다. 그는 진열된 꽃들을 흘끔 쳐다본 뒤에 "사카가미 씨가 왔었던 모양이지?"라고 말했다. 그래서 여점원은 그 여자 손님의 성씨가 사카가미였다는 게 생각났다.

네, 라고 그녀는 대답했다.

"또 국화하고 마거리트?"

"맞아요."

"흐음." 주인은 팔짱을 꼈다. "정말 딱하지 뭐야, 아직 한창 젊은 나이에. 방금 그 근처를 지나왔는데 집도 새로 지은 거 같더라고. 이제부터 행복이 시작되려는 때에, 아휴, 가엾어라."

"다시 좋은 사람이 나타날 거예요. 미인이던데요, 뭘."

"응, 그건 그래."

"한번 말을 건네보시는 게 어때요? 잘 어울리시는데."

"어라, 무슨 말도 안 되는 소리를." 주인은 손사래를 쳤지만 그리 싫지는 않은 얼굴이었다. 그는 내년에 마흔이 되는 나이 인데도 아직까지 독신이었다.

2

사카가미 나오코가 꽃과 편의점 봉투를 안고 집 앞까지 왔을 때, 누군가 부르는 소리가 들렸다. 돌아보니 옆집 정원에 아베 기누에가 나와 있었다.

"안녕하세요?" 나오코도 인사를 건넸다.

이 동네에 이사한 게 거의 비슷한 시기이기도 해서 기누에는 이웃 간의 교제가 적은 나오코가 유일하게 친하게 지내는 사람이었다. 나오코보다 다섯 살이 많고, 얼마 전에 초등학교에 입학한 아들이 있었다.

"쇼핑 다녀와요?"

"네."

"그랬구나. 저기, 우리 집에서 차라도 한잔할까? 선물 들어온 케이크가 있는데." 붙임성 있는 웃음과 함께 기누에가 말했다. 상을 당한 이웃을 어떻게든 위로해주려는 표정이었다.

"고마워요. 근데 잠깐 해야 할 일이 있어서."

"그래? 혹시 내가 도와줄 일은 없어? 혼자서는 힘든 일도 많을 텐데."

나오코가 해야 할 일이라는 게 제사에 관한 것이라고 생각한 모양이었다. 그럴 만도 했다. 남편이 죽은 지 아직 일주일밖에 안 되었다.

초칠일은 장례식 때에 함께 치렀다. 그건 기누에도 알고 있을 터였다.

"아뇨, 남편의 짐을 정리하는 일이라서."

아아, 하고 기누에는 고개를 끄덕였다. 얼굴이 그 즉시 흐려졌다.

"그렇다면 방해하지 않는 게 좋겠네."

"미안해요."

"아냐, 나한테는 신경 쓸 거 없어."

"그럼, 실례합니다."

나오코가 현관문을 열려고 하자 기누에가 다시 말을 건네왔다.

"나오코 씨, 어려운 일이 있으면 언제든지 나한테 말해. 내가 도와줄게."

"고마워요." 나오코는 다시 머리를 숙였다.

사랑하는 남편을 떠나보낸 가엾은 여자라고 생각하는 걸까. 텔레비전의 흔해빠진 드라마에 나오는 이미지를 떠올렸는지도 모른다. 그리고 그녀 역시 그런 드라마의 등장인물이 되고 싶은 모양이다. 물론 친절하게 해주려는 마음도 있겠지만.

나오코는 다시 한번 인사를 건네고 집에 들어왔다. 문을 닫은 뒤, 자기도 모르게 한숨을 내쉬었다.

거실 소파에 짐을 내려놓을 때 전화벨이 울렸다. 흠칫 놀라 한순간 우두커니 서 있다가 겨우 전화대로 다가갔다.

전화를 건 사람은 대학시절부터 친하게 지내던 친구였다. 요즘도 전화로 자주 이야기를 나누었다. 나오코가 결혼하기 전까지는 콘서트나 뮤지컬을 함께 보러 다니던 사이였다. 그리고 독신 생활이 길었던 그녀도 마침내 작년에 결혼했다. 결혼 생활이라는 거, 생각보다 훨씬 더 따분하더라, 라는 게 요즘 그녀의 입버릇이었다.

"지금, 괜찮아?"

"응, 잠깐이라면."

사실은 괜찮지 않다고 말하고 싶었다. 하지만 그런 말을 하면 공연히 상대의 관심을 끄는 일이 될 터였다.

"기분은 어때. 좀 진정이 됐니?" 친구가 물어왔다.

"응, 조금."

"잠은 제대로 자? 밥은 먹고?"

"잠도 자고 밥도 먹어. 너무 걱정하지 마."

"그래도 걱정이 되는데? 너는 우울할 때는 도무지 움직이지를 않는 사람이라서."

어지간히 연약한 여자로 보이는 모양이다.

"아냐, 정말 괜찮아. 할 일이 많아서 우울할 틈도 없어."

"으응, 그렇다면 다행이지만."

"걱정해줘서 고마워."

"아냐. 그보다 내일 시간 있니?"

"내일?"

"응. 콘서트 티켓이 우연히 손에 들어왔어. 있잖아, 나오코도 가고 싶어 했던 그 콘서트."

"응……."

생각났다. 평소 같으면 펄쩍 뛰며 반길 이야기였다.

"가자. 이래저래 힘든 시기겠지만 가끔씩은 기분 전환을 하는 게 좋아."

친구의 배려가 가슴에 뭉클하게 스몄다. 그 콘서트 티켓은 쉽게 구할 수 있는 게 아니었다. 아마도 실의에 빠진 친구에게 힘을 주려고 일부러 여기저기 손을 써서 구했을 터였다.

그런 친구의 우정에 응하고 싶었다. 하지만―.

"미안해. 내일은 못 갈 거 같아."

"아이, 왜? 무슨 일 있어?"

"시부모님이 오시기로 했어. 유품 정리하려고. 그런 날에 내가 집에 없으면 무슨 말을 들을지 몰라."

"다른 날에 오시라고 할 수는 없을까? 유품 정리는 언제라도 할 수 있잖아."

"나도 잘은 모르겠는데 아무튼 내일이 아니면 안 된대. 정말 안타깝지만 누구 다른 사람하고 다녀와."

"그래? 그럼 다음에 좋은 티켓 들어오면 또 연락할게. 빠른 시일 내에 준비할 테니까 그때는 꼭 가자."

"응, 그래줄래? 미안해."

전화를 끊은 뒤, 나오코는 그 자리에 주저앉았다. 그 친구는 분명 빠른 시일 내에 다시 전화를 해올 것이다. 엄청나게 매력적인 계획을 들고. 그때는 또 어떤 말로 거절해야 하나. 그걸 생각하는 것만으로도 눈앞이 캄캄해졌다.

모두들 그녀를 도와주려 하고 있었다. 남편을 잃은 가엾은 여자를.

제발 나를 좀 가만 내버려둬―. 나오코는 소리치고 싶은 심정이었다. 나를 가만 내버려둬. 나를 이 집에서 끌어내리려고 하지 말라고.

3

인터폰의 차임벨이 울렸을 때, 나오코는 2층 침실에 있었다. 방바닥에 주저앉아 침대 가장자리에 머리를 얹고 있었다. 잠이 든 건 아니지만 벨소리에 곧바로 반응할 수 없었다. 그래서 두 번째 차임벨 소리까지 듣지 않으면 안 되었다.

기분이 더욱더 어두워졌다. 또다시 누군가 나를 괴롭히려 하고 있다.

무시해버릴까도 생각했지만 그럴 수는 없다는 것을 깨달았다. 차임벨을 누른 사람이 아베 기누에인지도 모른다. 그녀는 나오코가 집에 있다는 것을 알고 있었다. 응답이 없으면 걱정이 되어 또 무슨 짓을 할지 모른다.

서둘러 방을 나와 복도 벽에 설치해둔 인터폰용 수화기를 들고, 네, 라고 작은 소리로 말했다.

"경찰에서 나왔는데요." 남자의 목소리가 들려왔다. 이웃 사람의 귀를 의식했는지, 얼마간 작게 낮춘 듯한 말투였다.

"네⋯⋯."

나오코의 가슴속에서 심장이 한 차례 크게 출렁였다.

잘 들리지 않았다고 생각했는지 남자는 다시 한번 말했다. "경찰에서 나온 사람입니다. 네리마 경찰서에서 왔어요."

온몸이 후끈해졌다.

"아, 네."

그 말만 하고 나오코는 계단을 뛰어 내려가 대문을 열었다. 문 밖에 거무스레한 양복을 입은 남자가 서 있었다. 나이는 서른이 조금 넘었을까. 키가 크고 어깨 폭이 넓었다. 그러면서도 얼굴은 말라서 뺨이 뾰족하게 도드라졌다.

"갑작스레 미안합니다." 남자는 경찰수첩을 내보였다. 처음 보는 그 검은 수첩은 나오코가 막연히 상상했던 것보다 훨씬 컸다.

"무슨 일이시지요?"

"잠깐 물어볼 게 있어서요." 그렇게 말하고 남자는 옆집이 좀 마음에 걸린다는 몸짓을 보였다.

나오코는 망설였다. 남자를 집 안에 들이고 싶지 않았다. 하지만 여기서 이야기를 주고받으면 옆집의 기누에가 눈치챌 우려가 있었다. 남자의 용건이 무엇인지 알지 못하는 터에 혹시라도 그녀의 귀에 이야기 소리가 들어가는 건 싫었다.

결국 나오코는 현관문을 열고, 안으로 들어오라고 말했다.

실례합니다, 라면서 남자는 들어왔다. 그리고 명함을 내밀었다. 그가 네리마 경찰서 형사, 이름은 가가 교이치로라는 것을 나오코는 그 명함을 보고 알았다.

방에까지 들어오라고 해도 좋을지 어떨지 몰라 그녀가 잠시 망설였다. 하지만 가가는 현관에 선 채로 양복 안주머니에서 사진 한 장을 꺼냈다.

"이 사람을 아시지요?"

나오코는 침을 꿀꺽 삼키고 손을 내밀어 사진을 받았다. 어떤 사진이든 동요하는 모습을 보여서는 안 된다고 스스로 다짐했다.

그 사진에는 그녀가 예상했던 인물이 찍혀 있었다. 한 남자가 작업복 차림으로 어딘가의 모델하우스 앞에서 웃고 있었다. 스스럼없이 웃는 그 얼굴이 나오코의 가슴을 찔렀다.

"나카세 씨군요." 그녀는 말했다.

"어떻게 아시는 분인가요?" 가가는 다시금 물어왔다.

"아는 사람이라기보다 이 집을 담당했던 건축사예요. 신니치 주택회사의."

거기까지 말하자 가가는 고개를 끄덕이고 사진을 받아 다시 호주머니에 넣었다.

"이분이 여기 자주 왔었다고 하던데요."

"자주, 라고 할 정도는 아니에요. 몇 달에 한 번씩 집 점검을 해주러 오셨죠."

이 집은 주택회사에서 완공 후에 판매한 주택이었다. 2년쯤 전에 구입했다. 정기적으로 보수 점검을 해준다는 것도 계약 사항 중의 하나였다.

"최근에는 언제 왔었지요?" 가가는 입가에 엷은 웃음을 띠고 있었다. 조금이라도 나오코의 마음을 편안하게 해주려는 것인지도 모른다. 하지만 효과는 전혀 없었다.

"한 달 전쯤이었나? 2년차 점검 때문에 왔었어요." 기억을 더듬는 표정을 지으며 나오코는 대답했다.

"그 이후로는 오지 않았던가요?"

"네."

"확실하지요?"

"네에."

나오코는 턱을 당기며 가가를 슬쩍 올려다보았다. 형사는 아직 그녀의 얼굴을 빤히 쳐다보고 있었다. 그 바람에 그녀는 그만 시선을 돌려버렸다.

"저어, 나카세 씨가 무슨?" 마음에 걸려서, 아니, 그보다 더 이상 견딜 수 없어서 그녀는 물었다.

"실은 이 사람이 행방불명이에요"라고 형사는 말했다. "일주일 전부터."

"그래요?" 나오코는 고개를 숙였다. 어떤 표정을 지어야 할지 알 수가 없었다.

"이달 20일에 친구를 만난다면서 집을 나간 뒤로 돌아오지 않았어요. 회사 쪽도 계속 무단결근하고 있고."

"저런, 가족 분들이 걱정하시겠네요."

"부인 쪽에서 신고를 했습니다. 하지만 며칠이 지나도 단서가 나오질 않아서 제게 개인적으로 상의를 해왔어요. 나카세 씨 부인의 오빠와 잘 아는 사이라서."

"그러셨군요."

나오코는 조금 전에 받아 든 명함에 다시금 시선을 떨구었다. 소속은 수사1과라고 적혀 있었다. 살인사건을 전담하는 부서일 거라는, 텔레비전 등을 보면서 얻은 지식이 머릿속에 떠올랐다.

"전화는 어떻습니까?" 가가가 물었다.

"전화요?"

"나카세 씨에게서 혹시 전화가 걸려온 일은 없었어요?"

"점검 나오기 전에는 전화를 하지만 그 이외에는……."

"정말인가요?" 가가 형사는 나오코의 얼굴을 빤히 쳐다보았다. 마음속까지 꿰뚫어보려는 것만 같았다.

"정말이에요. 그런 일에 왜 제가 거짓말을 하겠어요?"

생각지 않게 목소리가 날카로워졌다. 부자연스러웠는지도

모른다고 내심 걱정을 했지만, 가가는 그리 신경 쓰는 기색도 없이 다시 이런 말을 했다.

"나카세 씨의 행방불명에 대해 뭔가 짚이는 게 있다든가 이 문제와 관련하여 생각나는 일은 없습니까? 어떤 사소한 것이라도 좋아요."

"없어요. 우리는 그저 단순한 고객이었을 뿐이에요."

가가는 고개를 끄덕였다. 하지만 그건 이해했다는 의미가 아니었다. 나오코의 대답을 미리 예상했다는 듯이 고개를 끄덕인 것이다.

"실은 나카세 씨 집에 이상한 전화가 왔었어요. 나카세 씨가 행방불명되기 얼마 전에요. 전화를 받은 건 나카세 씨의 부인이었다고 하던데."

"이상한 전화라니요?"

"당신 남편은 바람을 피우고 있다. 상대는 2년 전에 들어선 뉴타운에 사는 유부녀다—. 전화한 남자가 그렇게 말했다고 합니다."

"저런⋯⋯."

"그래서 나카세 씨의 직장에 문의해봤더니 신니치 주택이 2년 전에 관여했던 뉴타운이라면 이 지역뿐이에요. 게다가 나카세 씨가 담당했던 집이라면 몇 군데 안 되지요."

구체적으로 나카세가 담당했던 집이 몇 군데인지 가가는 분명하게 밝히지 않았다. 이 형사는 상당한 사전 조사를 한 끝에 자신을 찾아온 것이라고 나오코는 생각했다.

"우리는, 아니, 나는 관계없어요." 그녀는 딱 잘라 말했다. "나카세 씨와 바람을 피우다니, 정말 어처구니가 없군요."

"불쾌하게 생각하시는 것도 당연하다고 생각합니다. 하지만 그런 전화가 있었던 이상, 그리고 장본인인 나카세 씨가 행방불명이 된 이상, 일단 조사할 수밖에 없어요. 뭔가 다른 사건에 휘말렸을 수도 있으니까요."

사건, 이라는 부분을 형사는 강조해서 말했다.

"어디 다른 집의 이야기 아닌가요? 아무튼 우리와는 관계가 없어요. 상 중에 이런 말까지 듣다니, 정말 너무하는군요." 나오코는 목소리가 떨리는 것을 억누를 수 없었다.

"미안합니다. 큰 결례라는 건 잘 알고 있습니다." 가가는 머리를 숙였다. "남편께서 돌아가신 지 얼마 안 되었다고요."

"네." 나오코는 눈을 숙였다.

"그럼 잠깐 분향을 하고 싶군요. 경찰에 몸담은 사람으로서 교통사고 피해자라는 말을 듣고는 그냥 지나칠 수가 없어요."

"하지만……."

"안 될까요?"

너무 사양하면 이 가가라는 형사는 도리어 수상하게 생각할 것 같았다. 그래서 나오코는 "정 그러시다면"이라고 말하며 슬리퍼를 꺼내놓았다.

1층 방에 작은 불단이 있었다. 이번에 급하게 구입한 것이다. 남편 다카마사의 영정 사진이 액자에 들어 있었다. 액자 옆에는 꽃이 장식되었다.

불단 앞에서 합장한 다음, 가가는 정좌한 채로 몸을 나오코 쪽으로 돌렸다.

"상대가 한눈을 팔다 일어난 사고라고 들었습니다만." 그는 말했다. 그것까지 사전에 조사하고 온 모양이었다.

"남편이 자기 차에 타려고 하는 순간에 트럭이 엄청난 속도로 달려들었어요. 사각지대여서 못 봤다고 그 운전기사가 말했대요."

"당신도 그 장면을?"

"네에." 나오코는 고개를 끄덕였다. "그 자리에 있었어요. 나를 역에 데려다준 다음의 일이어서."

"역에 데려다준 건 무슨 일 때문인지……."

"시즈오카의 친정어머니가 건강이 좋지 않아 그날 밤에 간병을 가려던 참이었어요. 짐이 많아서 남편이 차로 배웅해줬죠."

"정말 힘든 일을 겪으셨군요. 당연히 시즈오카에도 못 가셨겠네요?"

"어머니에게는 큰 불효를 했어요."

"사고가 일어난 게 며칠이지요?" 가가는 수첩을 꺼냈다. 그리고 메모할 준비를 했다.

"지난주 20일이에요. 오후 6시쯤이었어요."

"20일." 수첩에 적어 넣고 가가는 고개를 갸웃했다. "나카세 씨가 행방불명된 날이군요."

"그게 무슨 문제라도?"

"아뇨, 별 의미는 없어요. 그냥 우연한 일이라서. 그래서 배상 청구는 순조롭게 진행되고 있습니까?"

나오코는 고개를 저었다.

"사고 운전자가 보험 가입을 안 해서 난처한 참이에요. 아는 변호사 선생님이 일을 맡아주셨지만요."

"그래요. 요즘 그런 경우가 많더군요." 가가는 딱하다는 듯이 말했다. "시즈오카에 가는 건 언제 결정하셨지요?"

"사고 나기 이삼 일 전이에요."

"아내가 없는 동안 남편께서는 혼자 지내셔야 했겠군요. 함께 간다는 말은 안 했던가요?"

"그 사람이 워낙 바빠서……. 게다가 내가 친정에 가는 것도 실은 그리 달갑지 않았을 거예요."

"그런 남편분들이 많지요. 아내를 독점하고 싶어서 그럴까요?"

글쎄요, 라고 나오코는 고개를 슬쩍 기울여 보였다.

"그러면 시즈오카에는 혼자 가실 예정이었어요?"

"아뇨, 고향 친구가 아직 독신이고 이 근처에 살아요. 마침 그녀도 오랜만에 고향에 내려간다고 해서 같이 가기로 했어요. 역에서 만나기로 했기 때문에 그녀도 사고를 목격했어요."

그녀는 조금 전에 전화를 걸어온 친구와는 다른 사람이었다. 최근에는 그다지 왕래도 없었다.

"그래요?" 가가는 부쩍 관심이 생겼다는 듯한 표정을 보였다. "괜찮으시다면 그 친구분의 이름과 연락처를 알려주시겠습니까?"

"그건 괜찮지만, 왜 그러시죠? 나카세 씨 일과는 전혀 관계가 없을 텐데."

전혀, 라는 말에 힘을 주었다.

"확인을 해야 하거든요. 어떤 내용이든 얘기를 들으면 일단 확인하는 건 우리의 의무 같은 거라서요."

형사가 무슨 목적으로 그런 말을 하는지 나오코는 잘 알 수 없었다. 하지만 잠시 생각해보고, 역시 섣불리 그의 말을 거스르는 건 좋지 않겠다는 결론에 이르렀다. 잠깐만 기다리세요, 라고 말하고 그녀는 자리에서 일어섰다.

"20일에는 역에 나가기 전까지 내내 집에 계셨어요?" 친구의 이름과 연락처를 기록하더니 가가는 물었다.

"나가기 조금 전에 이웃집에 잠깐 인사를 갔었어요. 그 이외에는 내내 집에 있었죠."

"그렇군요."

가가도 자리에서 일어섰다. 나오코는 그를 현관까지 배웅했다.

"나카세 씨 집에 걸려온 그 전화 말인데요." 구두를 신으며 가가는 말했다. "누가 그런 전화를 했는지, 혹시 짐작 가는 사람은 없어요? 여기서 이름을 말해주셔도 절대로 입 밖에 내지 않겠습니다."

"저한테 그런 걸 물으실 이유가 없잖아요. 게다가 그런 비겁한 짓을 할 사람도 전혀 짐작이 안 가고요."

"그렇습니까." 가가는 고개를 끄덕였다. "혹시 무슨 일이 있으면 연락 주십시오."

형사가 나가자 나오코는 얼른 문을 잠가버렸다. 다리 힘이 빠지려는 것을 가까스로 버티며 방으로 돌아왔다. 그리고 조금 전까지 형사가 깔고 앉았던 방석 위에 털썩 주저앉았다.

유키노부 씨, 라고 그녀는 입속으로 중얼거렸다. 그것은 나카세의 이름이었다.

4

나오코가 사카가미 다카마사와 결혼한 건 지금으로부터 7년 전의 일이다. 다카마사는 서른다섯 살, 나오코는 스물일곱 살이었다.

두 사람 모두 도쿄의 제약회사에 다녔다. 하지만 부서가 전혀 달라서 나오코는 친구를 통해 소개 받을 때까지 다카마사의 얼굴도 알지 못했다.

하지만 다카마사 쪽에서는 그녀에 대해 자세하게 알고 있었다. 사원 식당에서 처음 본 뒤로 내내 마음에 두고 있었다고 했다. 서로 알게 된 뒤로는 자주 전화를 걸어왔다.

딱히 교제하는 남자도 없으니까, 라는 이유만으로 나오코는 그와 몇 번 식사를 함께했다. 이윽고 그가 청혼을 했다. 몇 번째 데이트 때였는지 나오코는 분명하게 기억도 나지 않는다. 긴자의 프랑스 요리점에서 식사한 뒤였다는 것만 희미하게 기억에 남았을 정도다. 키스조차 하지 않았을 때라 이 청혼은 솔직히 당황스러웠다. 결혼에 대해 전혀 생각하지 않았던 건 아니지만, 이런 일은 좀 더 절차를 밟아서 하는 거라고 생각했다. 어떤 일이든 자기 좋을 대로 추진한다는 것은 다카마사의 결점 중의 하나였다.

성실해 보이는 다카마사에게 호감을 품기는 했지만 남자로서 매력을 느낀 것은 아니었다. 만날 약속을 한 뒤에도 가슴이 뛰는 일 따위는 한 번도 없었다. 친구와 콘서트에 갈 약속을 했을 때가 오히려 훨씬 더 두근두근했다.

그래도 주위의 강한 추천에 떠밀리는 모양새로 나오코는 결혼을 승낙했다. 자신의 나이가 슬슬 신경이 쓰이는 때이기도 했다. 동료들은 차례차례 결혼해서 회사를 떠나갔다. 독신으로 계속 회사에 남아 있어봤자 좋을 일은 하나도 없다는 마음도 들었다.

결혼하면 이 사람이 좋아질지도 모른다, 이런 형태의 결혼도 있는 거다―. 나오코는 그런 식으로 스스로를 이해시키기로 했다.

교회에서의 결혼식도, 2백 명 넘게 출석한 피로연도 그녀에게는 딱히 즐거운 추억이 아니었다. 인상에 남은 것은 유난히 썰렁한 기분으로 친지의 연설을 들었던 것 정도일까. 캔들 서비스 때에 남편 친구들이 양초에 무슨 장난을 쳤는지 도무지 불이 켜지지 않았던 일은 그저 불쾌하기만 했을 뿐이다.

그래도 괜찮을 거야, 라고 그녀는 믿었다. 시간이 지나면 결혼하기를 잘했다고 생각할 날이 올 것이다, 라고.

하지만 다카마사와 함께 살기 시작한 지 얼마 안 되어 그녀는 자신의 선택이 잘못되었다는 것을 깨달았다. 아내로 붙잡아놓고 안심을 했는지 다카마사는 그 즉시 횡포함을 고스란히 드러내기 시작한 것이다.

가가 형사가 말한 대로 그는 아내를 독점하고 싶었던 모양이다. 하지만 나오코는 그것이 애정이라고는 도저히 생각할수 없었다. 그는 나오코가 한 발이라도 집 밖에 나가는 것을 병적으로 싫어했다. 친구들과 쇼핑을 나가는 것조차 이러니저러니 트집을 잡아 방해하는 것이었다. 문화교실에 가는 것도 집안일에 소홀해진다는 이유로 반대했다. 다카마사는 아내를 자신의 성욕을 채우고 자기만을 위해 움직이는 인형으로 만들 생각인 모양이었다.

나오코는 초등학교 때 같은 반이었던 어느 여자애를 자주 떠올렸다. 그녀는 나오코가 다른 친구와 놀거나 친하게 지내면 신경질적으로 소리를 지르며 상대 친구를 괴롭히곤 했다. 다카마사가 하는 짓이 그때 그 아이와 똑같다고 항상 생각했다.

이대로 내 인생이 끝나는 거라고 생각하면 나오코는 암울한 기분이 되었다. 아직 아이도 없고 삶의 보람이랄 것이 그녀에게는 없었다. 자기 멋대로 구는 어린아이가 그대로 어른이 된 듯한 남편이 집에 돌아오기만을 그저 가만히 기다리고 있는 하루하루였다. 2년 전에 다카마사가 오래도록 염원하던 단독 주택을 마련했을 때조차도 전혀 신이 나지 않았다. 신축 건물 특유의 냄새를 풍기는 집에 첫발을 들였을 때, 처음으로 그녀가 생각한 것은 이곳이 내가 죽을 자리인가, 라는 것이었다.

그런 때에 나카세 유키노부가 나타났다.

"건축사 나카세입니다."

현관에서 명함을 내밀며 인사하는 그를 나오코는 지금도 또 렷이 떠올릴 수 있다. 햇볕에 그을린 얼굴은 장난꾸러기 소년 같았고 하얀 이가 상큼해 보였다.

다카마사가 회사 일로 바빠서 새집에 관한 설명은 주로 나 오코 혼자 듣게 되었다. 나카세는 그 설명을 하러 찾아온 것이 었다.

그를 처음 보았을 때부터 나오코는 마음이 끌렸다. 그 역시 남편과 똑같이 소년 같은 면이 남아 있는 남자였다. 하지만 나 카세가 지니고 있는 것은 자기 멋대로 구는 행동이 아닌 순수 함이었다.

"제가 담당한 집을 고객님께 보여드릴 때는 역시 긴장이 돼 요. 어떤 집이든 나름대로 열정을 쏟아부어서 지었으니까요. 학교 담임선생님에게서 내 아이의 성적을 들을 때의 심정하고 똑같죠."

웃으면서 그렇게 말하는 나카세의 눈은 반짝반짝 빛나 보였 다. 자신의 일을 진심으로 사랑하는구나, 라고 나오코는 생각 했다.

집에 대한 설명이 끝난 뒤, 나오코는 그를 위해 홍차를 준비했다. 새집 거실의 새 응접세트에서 그녀는 나카세와 마주 앉아 홍차를 마셨다.

나카세는 나오코보다 한 살 위였다. 결혼은 했지만 아이는 없다고 했다. 놀랍게도 중매결혼이었다.

"상사가 소개해줬어요. 거절할 이유가 딱히 생각나지 않아서 결혼했습니다." 그렇게 말하고 나카세는 웃었다.

아마 사실과는 다른 말일 거라고 나오코는 생각했다. 실제로는 분명 상대 여자가 마음에 들었을 것이다. 그래도 나오코는 이런 멋진 사람이 중매로 결혼하다니 어쩐지 아깝다고 느꼈다.

그 한 달 뒤에 다시 나카세가 찾아왔다. 정기 점검이었다. 뭔가 잘못된 곳은 없느냐고 묻는 그에게 나오코는 두세 가지 마음에 걸린 것을 지적했다. 그는 그 자리에서 처리해주었다.

그 뒤에 그녀는 다시 홍차를 준비했다. 커피보다 홍차를 좋아한다고 말했더니 나카세는 무릎을 쳤다. "그렇다면 아주 좋은 가게가 있어요"라며 어느 홍차 전문점을 알려주었다.

"실은 일하는 틈틈이 슬쩍 홍차 향기를 즐기러 찾아가곤 합니다. 아무에게도 알려주지 않는 비밀 장소죠." 장난꾸러기 소년 같은 얼굴로 그는 말했다.

그리고 며칠 뒤, 쇼핑을 나갈 기회가 있어서 그 참에 나오코는 나카세가 알려준 홍차 전문점에 들렀다. 영국풍의 찻집일 거라고 생각했는데 그런 게 아니었다. 테이블이며 의자에 원목을 넉넉히 사용해서 오히려 남국풍이라고 할 수 있었다. 아마도 홍차의 원산지 실론*의 분위기를 겨냥한 모양이었다. 나오코는 구석 자리에 앉아 밀크를 듬뿍 넣은 시나몬 티를 주문했다.

그러는데 나카세 유키노부가 가게에 들어왔다.

완전한 우연이었다. 나오코는 가슴이 콩닥거리는 것을 느꼈다. 솔직히 그가 올지도 모른다는 기대는 품고 있었다.

그는 나오코가 와 있는 것을 금세는 알지 못한 눈치였다. 일단 다른 자리에 앉은 뒤에야 그녀 쪽을 보고 놀란 얼굴을 했다.

나카세는 그녀가 혼자라는 것을 확인하더니 자리를 옮겨도 괜찮겠느냐고 물었다. 나오코로서는 싫을 리가 없었다.

집 밖에서의 만남은 그때까지와는 또 다른 두근거림과 흥분을 주었다. 나카세 쪽도 평소보다 느긋한 표정이었다.

그 이후로 나오코는 이따금 그 홍차 전문점을 찾았다. 대개는 화요일과 목요일 오후 2시경이었다. 나카세가 들르는 게 그때쯤이라는 것을 그의 입을 통해 들었기 때문이다.

무덤덤한 나날 속에서 나오코에게 유일하게 즐거운 시간이

✤ 현재의 스리랑카.

라고 해도 좋았다. 어쩌다 길이 엇갈려 만나지 못하는 날은 기분이 한없이 우울하게 가라앉았다.

집의 6개월째 점검 때에도 나카세는 찾아왔다. 침실 바닥이 삐걱거린다는 것을 그에게 말했다. 솔직히 그를 침실에 들이고 싶지는 않았다. 부부 관계를 암시하는 것들이 여기저기 널려 있다고 생각했기 때문이다. 하지만 남편 다카마사가 삐걱거리는 바닥을 먼저 알아봤다. 다음 점검 때에 꼭 수리를 받으라고 나오코에게 지시했던 것이다.

나카세는 묵묵히 침실 바닥을 수선했다. 그의 시선은 방 안의 다른 곳으로는 일절 향하지 않았다. 특히 더블베드 쪽은 의도적으로 시선을 피하는 것처럼 보였다.

"아이를 낳을 계획은 없어요?" 거실로 돌아왔을 때 나카세가 물었다. 침실을 보여준 뒤였기 때문에 나오코의 귀에는 노골적인 질문처럼 들렸지만, 그로서는 아마 깊은 뜻은 없는 질문이었을 것이다.

"남편 쪽에서도 그럴 생각이 없는 거 같아요." 나오코는 대답했다. "나도 이제 그리 젊은 나이가 아니라서."

"아뇨, 부인은 젊으세요. 대단히."

"고마워요. 그보다 나카세 씨야말로 아이를 원하는 거 아니세요?"

"글쎄요." 나카세는 고개를 갸웃거렸다. "왜 그런지 더 이상

부부 같지도 않은 사이가 됐어요."

"그렇군요……."

"서로 다른 환경에서 자란 사람들끼리 함께 산다는 건 역시 어렵더라고요. 가치관이 다르다고 할까."

그런 나카세의 말에 자신이 어떻게 대답했는지, 정확하게는 기억나지 않는다. 자기도 그렇게 생각한다는 뜻의 말을 했다는 게 어렴풋이 기억날 뿐이다. 하지만 그녀의 기억에 선명하게 남은 것은 그 직후에 나카세와 서로를 마주 보았던 일이었다. 이윽고 그는 가만히 그녀의 어깨에 손을 얹었다. 그녀가 저항하지 않자 극히 자연스럽게 끌어안았다.

아슬아슬하게 균형을 유지하고 있던 무언가가 나오코의 마음속에서 빠져나갔다. 작은 기울어짐은 곧바로 거대한 흔들림으로 변했다. 눈사태에 휘말리듯이 나카세에 대한 마음이 급격히 온몸을 지배하는 것을 그녀는 어떻게 해도 막을 수 없었다.

이른바 불륜관계가 그날부터 시작되었다.

5

아베 기누에가 정원에 물을 주고 있는데 옆집에서 젊은 남자가 나오는 게 보였다. 지난주 사망한 사카가미 다카마사와 아는 사람인지도 모른다고 생각했다.

하지만 남자는 기누에를 알아보자 인사를 하며 다가왔다. 윤곽이 짙은 얼굴이라서 오늘처럼 맑은 날에는 눈썹 아래로 그림자가 서려 있었다.

"잠깐 물어볼 게 있는데, 괜찮을까요?" 남자는 경찰수첩을 내밀었다.

"뭔데요?" 호스의 물을 잠그고 기누에는 물었다.

"지난 20일에 대한 겁니다. 사카가미 씨 부인이 이 댁에 인사하러 왔었다고 하던데요."

"네, 그 집 부인이 사흘쯤 친정에 가 있기로 했거든요. 무슨 일이 있으면 연락해달라고 시즈오카 친정집 전화번호를 적은 메모를 갖고 왔었어요."

"그 밖에는 어떤 이야기를 하셨습니까?"

"그 밖에? 그냥 평범한 얘기였어요. 요새 쓰레기장에 까마귀가 많아졌다든가 한밤중에 오토바이족이 돌아다녀서 시끄럽다든가."

"부인에게 뭔가 특이한 점은 없었습니까?"

"특이한 점이라뇨?"

"어떤 것이든 괜찮아요. 평소와 다른 점이 있었다면 말해주세요."

"그야 그런 엄청난 사고를 당했으니 지독히 침울했죠."

기누에가 말하자 남자는 고개를 저었다.

"아뇨, 사고가 나기 전의 얘기예요. 부인이 이쪽으로 인사하러 왔을 때."

"사고가 나기 전? 글쎄요, 별로 특이한 점은 없었던 거 같은데?" 기누에는 고개를 갸웃거렸다. 솔직히 잘 생각도 나지 않았다. 어째서 이 형사가 사고 나기 전의 일 같은 걸 물어보는지 의아했다. "아, 그러고 보니 웬일로 말수가 많았던 것 같기는 하네요."

"그 부인 쪽에서요? 평소에는 그런 일이 없었던가요?"

"전혀 없었던 건 아니지만, 어느 쪽인가 하면 말수가 적은 편이었거든요."

"이야기를 한 건 몇 분 정도였지요?"

"글쎄, 한 10분쯤이었을 거예요." 무엇 때문에 하는 질문인지 알 수 없어서 기누에는 답답해지기 시작했다.

그때였다. 어디선지 물이 튀어서 남자의 발치를 적셨다. 남자는 풀쩍 한 걸음 뒤로 물러섰다.

기누에는 옆을 돌아보았다. 아들 고헤이가 물총을 들고 집 뒤편 그늘에 숨어 있었다.

"고헤이, 뭐 하는 거야!"

그녀가 나무라자 고헤이는 반대쪽으로 달아나버렸다.

"에구, 미안해요. 괜찮으세요?" 남자의 발치를 보며 기누에는 사과했다.

"아, 괜찮습니다. 그런데 사카가미 씨 부인과는 평소에 친하게 지내셨던가요?"

"친하다고 할 정도는 아니지만 서로 맛있는 거 하면 나눠 먹기도 하고 그러죠. 이웃이니까요."

"사카가미 씨가 사망한 뒤로 그쪽 집에 가신 일은?"

"네, 갔었어요. 장례식 다음 날이었나? 마침 송이버섯밥을 해서 좀 들고 갔죠. 밥도 제대로 챙겨 먹지 못할 거 같아서."

그때 일은 기누에도 정확히 기억하고 있었다. 나오코는 송이버섯밥을 받고는 고맙다고 하면서 차라도 한잔하고 가라고 했다.

홍차를 마시며 둘이서 두서없는 이야기를 나누었다. 나오코는 담담하게 사고 때의 상황을 말했다. 그래서 이제는 충격이 가라앉은 모양이라고 기누에는 생각했다. 하지만 그렇지 않다는 것을 금세 깨달았다.

무심코 주방 쪽으로 시선을 던졌을 때, 냉동식품이며 냉동해둔 밥 등이 바깥에 나와 있는 게 보였던 것이다. 아마 자신을 위해 요리할 생각도 없는 모양이었다. 송이버섯밥을 가져오기를 잘했다고 기누에는 생각했다.

그런 이야기를 해줬더니 남자는 잠시 생각에 잠겨 있었다. 그러고는 퍼뜩 정신을 차린 듯한 표정을 짓더니 고맙다는 말을 남기고 자리를 떴다.

6

시나몬 티를 다 마시고 잠시 앉아 있었더니 늘 보던 웨이트리스가 다가와 한 잔 더 드시겠느냐고 물었다. 나카세와 만날 때마다 항상 리필을 부탁했기 때문일 것이다.

"오늘은 괜찮아요." 나오코의 말에 웨이트리스는 미소를 지으며 물러갔다.

더 이상 이 찻집에는 오지 않는 게 좋겠다고 나오코는 생각했다. 그 사람을 생각하기 위해 찾아왔지만 이토록 가슴이 미어질 줄은 생각도 못 했다.

찻값을 내고 가게를 나섰다. 생각해보니 자신이 홍차 값을 내는 것도 오랜만이었다.

집에 돌아가려면 한 정거장 전차를 타야 했다. 그래서 나오코는 역을 향해 터벅터벅 걷기 시작했다. 나카세는 항상 회사의 라이트밴을 몰고 왔지만 그에게 집에 바래다달라고 한 적은 없었다. 다른 사람의 눈에 띄고 싶지 않았기 때문이다.

먼 하늘이 저녁노을로 불그스름해져갔다. 인도를 걷고 있으려니 뒤쪽에서 누군가 뛰어오는 발소리가 들렸다. 처음에는 자신과는 관계없는 사람일 거라고 생각했다. 하지만 가까이 다가오면서 발소리가 느려진 것을 깨닫고 나오코는 뒤를 돌아보았다.

네리마 경찰서의 가가 형사가 걸어오면서 고개를 숙였다.

"내 뒤를 밟았어요?"

나오코가 묻자 가가는 겸연쩍은 듯한 얼굴을 했다.

"뭐, 잠깐 걸으면서 이야기할까요? 시간은 그리 오래 걸리지 않을 겁니다." 그렇게 말하더니 역을 향해 걸음을 옮겼다.

나오코는 아침에 이웃집 아베 기누에에게서 들은 이야기를 떠올렸다. 어제 경찰에서 나온 사람이 시시콜콜 질문을 했다는 것이었다. 이 형사가 자기를 의심하는 거라고 나오코는 확신했다.

"그 뒤로 조사를 좀 해봤는데요." 가가가 말했다. "20일에 나카세 유키노부 씨와 만날 약속을 했다는 사람을 도무지 찾을 수가 없어요. 회사 관계자, 학생 시절의 친구까지 모두 다 알아봤는데 아무도 약속을 안 했다는 겁니다."

"그게 나와 무슨 관계가 있는데요?" 앞을 향한 채로 나오코는 대답했다. 어서 빨리 역에 도착했으면 좋겠다고 생각했다. 그곳까지의 길이 유난히 멀게만 느껴졌다.

"남편이 아내에게 거짓말을 하고 외출을 했다면 그건 어떤 때일까요?"

"애인을 만날 때, 라는 말을 하려는 거군요." 나오코는 애써 태연한 척하며 말했다. "그리고 그 상대가 나라는 거고요."

"사카가미 나오코 씨." 가가는 멈춰 섰다. "조금 전에 당신이 홍차 전문점에 갔던 것도 알고 있어요."

나오코는 앗 하는 소리가 나올 뻔했다. 그런 그녀에게 가가는 이어서 말했다.

"그쪽 웨이트리스에게 나카세 씨 사진을 보여주고 물어봤어요. 조금 전에 나가신 여자분과 이 남자가 함께 온 적이 있었느냐고. 웨이트리스가 뭐라고 대답했는지는 굳이 말할 것도 없겠지요?"

나오코는 대답하지 않고 다시 걸음을 옮겼다. 하지만 마음속에는 태풍이 휘몰아치고 있었다. 어쩌면 이렇게 어리석은 짓을 했을까. 미행당한다는 것도 모르고 그 찻집에 가다니―.

"나오코 씨." 가가가 쫓아왔다. "나카세 씨는 어디에 있습니까?"

"나는 몰라요." 나오코는 고개를 저었다. "나카세 씨와 차를 마신 적은 있어요. 집에 대한 문제로 몇 가지 상의한 것뿐이에요. 특별한 관계였다느니 하는 일은 절대로 없습니다."

"그런 설명을 내가 받아들일 거라고 생각해요?"

"아무리 받아들이지 못하셔도 그게 사실이니 어쩔 수 없죠."

드디어 역에 도착했다. 나오코는 티켓 발매기 쪽으로 뛰어갔다.

"나오코 씨." 가가가 바로 옆으로 다가왔다.

"큰 소리 내지 마세요. 남들이 쳐다보잖아요."

"그럼 이것만 알려주세요. 나카세 씨는 살아 있습니까?"

가가의 질문에 나오코는 눈을 둥그렇게 뜨고 말았다. 그리고는 급히 얼굴을 돌리고 개표기를 향해 걸었다.

"나오코 씨."

"나는 아무것도 모른다니까요."

자동 개표기를 지나 뒤도 돌아보지 않고 플랫폼으로 향했다. 가가는 더 이상 따라오지 않았다. 마침 때맞춰 들어오는 전차에 얼른 올라갔다.

가슴의 두근거림은 좀체 가라앉지 않았다. 창밖으로 흘러가는 주택가에 시선을 던지며 나오코는 이제 그만 끝장인지도 모른다고 생각했다.

모든 게 다 오산이었다. 역시 처음부터 잘못된 길로 들어섰던 것이다.

"더 이상은 못 참겠어. 그걸 실행에 옮길 생각이야."

나카세 유키노부가 중대한 결심을 밝힌 것은 지금으로부터 2주일 전의 일이었다. 두 사람은 항상 만나는 홍차 전문점 근처의 호텔에 있었다.

"하지만 만일 실패하면……." 그 뒷말을 나오코는 차마 입밖에 낼 수 없었다. 그건 너무도 끔찍한 상상이었다.

"당신을 언제까지나 그런 사람 옆에 놔둘 수는 없어. 아직 한창 젊은데 앞으로의 인생을 그런 놈에게 바칠 생각이야?"

"그런 건 생각하고 싶지도 않아."

"그렇다면 이제 길은 한 가지밖에 없어."

"그럴까?"

자신들이 꾸미고 있는 일을 새삼 곱씹어보며 나오코는 몸이 파르르 떨리는 것을 느꼈다. 그것은 남편 다카마사를 살해하자는 이야기였던 것이다.

애초에 그녀의 충동적인 말 한마디가 계기가 되었다. 침대 안에서 무심코 중얼거렸던 것이다. 죽어버리면 좋을 텐데, 라고.

그 얼마 전에 시댁에 갔던 일 때문이었다. 남편의 친가는 후쿠이현이다.

낡은 일본 가옥에 사카가미 집안 사람들이 모두 모여 있었다. 남편 다카마사는 4형제의 장남이고, 세 명의 시동생 중 둘은 아직 독신이었다.

큰며느리인 나오코는 가정부처럼 일을 해야 했다. 아니, 노예라고 하는 게 더 적절할지도 모른다. 시댁에 도착하자마자 그녀에게 떨어진 일은 모두 합해 십여 명의 식사를 준비하는 것이었다. 메뉴는 미리 정해졌고 그 재료만 컴컴한 부엌에 산더미처럼 쌓여 있었다. 활동하기 편한 옷과 앞치마를 잊지 말고 챙기라고 남편이 말했던 이유를 그때서야 알았다.

사람들이 웃고 떠들며 식사하는 동안 나오코는 잠깐 자리에 앉을 수조차 없었다. 정신없이 요리를 나르고 술을 내가고 빈 그릇을 물렸다.

"형수님, 힘드시겠네. 이제 어머니에게 맡기고 좀 쉬세요." 보기에도 딱했던지 시동생 중 한 명이 말했다.

하지만 그다음에 튀어나온 남편의 말에 나오코는 자신의 귀를 의심했다.

"괜찮아. 이런 일 시키려고 데려왔는데 뭘. 어머니는 가만히 계세요. 장남이 며느리를 데려왔는데 어머니가 일을 하시다니, 사람들이 알면 한심하다고 할 거 아냐."

그때 나오코는 지저분한 젓가락을 치우던 참이었다. 젓가락의 날카로운 끝으로 남편의 비곗살이 붙은 목덜미를 쿡 찔러주고 싶었다.

"야아, 우리 형님, 대단하시네. 도쿄에서 참 용케도 형수님 같은 여자를 찾아냈다니까."

"이런 바보, 찾아낸 게 아냐. 교육시킨 거지. 살살 봐주면 기어오르니까 평소에 바짝 조여야 돼. 너희도 마누라 얻으면 절대로 만만하게 대해서는 안 돼. 여자라는 건 어떻게 교육하느냐에 따라 완전히 달라지는 거라고."

술 냄새 풍풍 풍기는 숨을 토해내며 다카마사는 큰소리를 땅땅 치고 있었다.

나오코에게 주어진 일거리는 그것뿐만이 아니었다. 집안 대청소를 거들고, 자리보전하고 누운 시할아버지 시중까지 들어야 했다. 시어머니는 노골적으로 "며느리 오면 하려고 미뤄뒀다"라는 말까지 했다. 시댁에서 보낸 기간은 3일이었지만 그 사이에 몸무게가 3킬로그램이나 빠졌다.

그런데도 남편에게서는 수고했다는 말 한마디도 없었다. 돌아오는 전차 안에서 그녀가 들은 말이라고는 일이 서툴다느니 인사를 제대로 안 한다느니 하는 잔소리뿐이었다. 기가 약한 나오코도 참다못해 몇 마디 말대꾸를 했지만 남의 눈도 있고 무엇보다 말다툼할 기력도 없어서 그냥 입을 다물어버렸다.

그 대신 마음속으로 내내 중얼거렸다. 이런 놈은 죽어야 해. 빨리 죽어주면 얼마나 좋을까ー. 하지만 그런 행운은 아마도 찾아오지 않을 거라는 생각이 들면서 절망적인 기분에 빠졌던 것이다.

나카세 앞에서 남편이 죽어버렸으면 좋겠다고 말한 것은 마음이 풀어진 상태에서 무심코 튀어나온 본심이기도 했다.

하지만 그는 나오코의 속마음을 흘려듣지 않았다. 진지하게 그녀의 바람을 들어주려고 고민한 것이다.

"당신이 다른 남자의 품에 안겨 있다고 생각하면 정말 참을 수가 없어. 게다가 그런 놈의."

"물론 나도……." 나오코는 말을 우물거렸다.

나카세는 최근 들어 자기 아내와 전혀 성관계가 없다는 식으로 말했다. 하지만 그건 진실이 아닐 거라고 나오코는 내심 짐작하고 있었다. 그녀가 남편과의 정사에 대해 정확히 말하지 않는 것과 마찬가지로—.

"이혼해줄 가능성은 없지?" 나카세는 물었다.

"유감스럽지만 아마 그럴 거야."

"내 쪽은 어떻게든 될 거 같은데. 위자료는 좀 줘야 할 테지만."

"이 남자는 위자료 같은 걸로 물러서줄 사람이 아니야. 게다가 내 마음대로 쓸 수 있는 돈도 전혀 없고."

"그렇다면 결단을 내리는 수밖에 없어."

"하지만 정말로 잘될까?"

"잘되게 해야지. 그러지 않고서는 우리는 영원히 함께 살 수 없어." 나카세는 침대에서 나오더니 가운을 걸쳤다. "계획을 좀 더 구체적으로 세웠어. 잠깐 들어볼래?"

침대에 누운 채 나오코는 고개를 끄덕였다.

"가장 중요한 건 당신의 알리바이를 만드는 거야. 우리 두 사람의 관계는 아무도 모를 테니까 내가 의심을 받는 일은 없어. 당신은 우선 어딘가에서 외박을 하고, 그때에 내가 당신 집에 숨어드는 방법은 어떨까?"

"강도가 든 것으로 위장한다는 거야?"

"그렇지. 경찰이 동기에 대한 조사에 들어가면 일이 귀찮아지니까."

"하지만 남편은 옛날에 유도를 해서 엄청 힘이 세."

"정면으로 공격할 마음은 없어. 당신 남편은 항상 밤늦게 귀가한다고 했지? 주차장에 숨어 있다가 차에서 내릴 때 뒤에서 공격할 생각이야."

"어떻게?"

그건, 이라고 입을 열려다가 나카세는 고개를 저었다. "그건 지금부터 생각해봐야지."

아마도 그는 구체적인 방법을 생각해둔 모양이었다. 하지만 나오코의 입장을 생각해서 입 밖에 내기를 망설였던 것이다.

"사람들이 강도가 한 짓이라고 생각할까?"

"지갑을 훔치면 돼."

그런 정도로 경찰의 눈을 속일 수 있을지 나오코는 걱정이 되었다. 자신들이 하려는 일이 그저 비현실적인 머나먼 일처럼 느껴질 뿐이었다.

"괜찮을까? 당신이 혹시라도 경찰에 잡혀가면 난 정말 어떻게도 못해. 분명 미쳐버릴 거야."

"꼭 성공할게. 그러지 않으면 우리에게 미래는 없어."

나카세는 침대에 걸터앉아 나오코의 손을 잡았다. 그 손을 꼬옥 맞잡으면서 그녀는 죽을 각오가 필요할지도 모른다고 생각했다.

두 사람의 결심을 더욱 굳히는 상황이 닥친 것은 그로부터 얼마 안 되었을 때였다. 나오코는 남편에게서 놀랄 만한 말을 들었다. 다음 달에 교토로 전근한다는 것이었다.

"전부터 희망했었는데 이제서야 받아주더라고. 나는 다음 달 일찌감치 출발해서 살 집을 구해놓고 올 테니까 당신도 이 사 준비와 인사가 끝나는 대로 따라와. 알았지?"

항상 하던 대로 다카마사는 나오코의 사정을 배려해줄 의사 는 없는 모양이었다. 그렇게 급하게 말하면 곤란하다고 일단 반론을 제기했지만, 함께 교토에 가지 못할 무슨 합리적인 이 유라도 있느냐고 도리어 따지고 드는 통에 대꾸할 말이 없었 다.

"왜 교토에 전근하겠다고 희망했어? 그쪽에 가봐야 좋을 게 하나도 없잖아." 최소한 그 점이나마 물어보았다.

"그쪽이 더 가깝거든. 뻔한 일을 뭘 물어?" 다카마사는 귀찮 다는 듯이 대답했다.

나오코는 새삼 암울해지는 기분이었다. 가깝다는 건 후쿠이 의 시댁과 가깝다는 뜻일 터였다. 그가 시댁에 들어가 살려고 한다는 것을 그녀는 진즉부터 눈치채고 있었다.

"하지만 그럴 거면서 집은 왜 샀어?"

"그건 문제없어."

"문제가 없다니……."

"가즈마사가 이제 곧 도쿄로 올 거야. 그 녀석이 이 집에서 살기로 이미 얘기가 됐어."

"어떻게 그런……."

증오감이 결정적인 살의로 바뀐 것은 이때였는지도 모른다. 남편이 자신을 단순한 소유물로 생각한다는 것을 나오코는 절절히 깨달았다.

교토로 전근한다는 말을 듣자 나카세는 크게 초조해했다.

"일을 서둘러야겠어. 당신, 집을 비울 수 있어?" 항상 가는 호텔에서 그가 물었다.

"어머니가 몸이 안 좋다는 얘기는 전부터 했었으니까 간병하러 이삼 일 친정에 갈 수 있을 거야."

"그럼 빨리 날짜를 잡아줘. 나도 거기에 맞춰 준비할 게 있으니까."

"정말로 할 생각이야?"

"해야지. 이제 와서 새삼스럽게 무슨 소리야?" 나카세는 나오코의 몸을 꽉 끌어안았다. "여기서 결단을 내리지 못하면 이제 평생 만나지 못할지도 몰라. 그래도 괜찮아?"

나오코는 그의 품에 안겨 고개를 저었다. 나카세를 만날 수 없는 것도, 평생 남편의 지배를 받는 것도 싫었다.

그 뒤 두 사람은 전화로 상의해가며 계획의 세세한 부분을 채워나갔다. 나오코는 남편 다카마사에게 토요일인 20일에 친정에 가겠다고 미리 말했다. 친정에 가는 건 허락해주었지만, 다카마사는 한 가지 조건을 내걸었다. 월요일에 자신이 귀가했을 때는 나오코도 반드시 집에 와 있으라는 것이었다.

"그러면 남편이 회사에서 돌아오는 때를 노릴 수는 없겠군. 토요일과 일요일은 회사가 쉬잖아. 그렇게 되면 남편이 집에 있을 때 감행하는 수밖에 없는 건가?"

잠시 생각한 뒤 "한밤중에 깊이 잠들었을 때를 노리자"라고 나카세는 말했다.

"그 집이라면 몰래 들어가는 건 어렵지 않아. 아무리 유도를 잘해도 잠들었을 때는 힘을 못 쓸 거야. 당신 남편이 요즘에 수면제를 복용한 적이 있다고 했지? 그런 약을 먹여두면 갑자기 잠이 깨는 일도 없을 거고."

"하지만 유키노부 씨는 한밤중에 집을 비울 수 있어?"

"그날은 출장 가서 자고 온다고 대충 말해둘게. 와이프는 내 스케줄 같은 거 관심도 없으니까 그 점은 괜찮아."

하지만 이 계획도 금세 수정하지 않으면 안 되었다. 나오코가 친정에 가 있는 사이에 다카마사도 집을 비운다고 했기 때문이다.

"나도 토요일 밤에 후쿠이에 내려갈 거야. 그리고 월요일에는 곧장 교토에 가기로 했어. 취임 전에 인사도 할 겸."

남편 다카마사가 그런 말을 한 것은 18일 밤이었다.

다음 날인 19일 오전에 나오코는 나카세에게 전화해 사정을 말했다. 역시 그도 충격을 받은 모양이었다.

"그럼 실행에 옮길 기회가 전혀 없다는 이야기잖아." 탄식하는 어조로 그는 말했다.

"그렇게 됐어. 왜 일이 이렇게 자꾸 꼬이는지 모르겠네. 하느님이 그런 짓을 하면 안 된다고 타이르시는 건가⋯⋯."

"그렇게 마음이 약해져서는 안 돼. 틀림없이 좋은 방법이 있을 거야. 아무튼 이 기회를 놓치면 우리는 끝장이야."

다시 계획을 짜보겠다면서 나카세는 일단 전화를 끊었다. 그리고 한 시간쯤 지나 이번에는 그가 전화를 해왔다.

"좀 복잡하기는 하지만 괜찮은 방법이 생각났어." 그는 수화기에 대고 말했다. "침착하게 내 말 잘 들어."

나카세가 말한 계획은 아닌 게 아니라 복잡한 것이었다. 들으면서 나오코는 메모를 해야 했다.

7

가가 형사가 불길한 바람처럼 나오코에게 찾아온 것은 다카마사가 죽은 지 12일째 되는 날이었다. 2층 베란다에서 빨래를 널고 있는데 집 쪽으로 다가오는 가가의 모습이 보였다.

도중에 가가는 한 어린아이와 길가에서 이야기를 나누었다. 옆집에 사는 아베 고헤이였다. 제멋대로 남의 집 정원에 뛰어드는 그 아이를 나오코는 그리 좋아하지 않았다.

나오코가 1층으로 내려가는 것과 동시에 차임벨이 울렸다. 인터폰으로 방문자를 확인할 것도 없어서 그녀는 그대로 현관문을 열었다.

"나를 싫어한다는 건 잘 알지만, 잠깐 물어볼 게 있어서요."

가가 형사는 조심스러운 기색으로 말했다.

들어오세요, 라고 나오코는 손짓을 했다. 선선한 태도에 가가는 좀 뜻밖이라는 눈치였다.

1층 거실로 그를 안내했다. 언젠가 나카세와 마주하고 앉았던 소파에서 오늘 나오코는 형사와 마주 앉았다.

"친구분을 만나봤어요." 그가 말했다. "시즈오카에 함께 가기로 했던 친구분."

아아, 라고 나오코는 고개를 끄덕였다.

"그녀에게 미안하다는 말을 해야 하는데 너무 바빠서 까맣

게 잊고 있었네요. 나한테 전하는 말은 없던가요?"

"당신을 걱정하고 있었어요. 한시바삐 기운을 차렸으면 좋겠다고 하더군요."

"그래요? 폐만 끼친 채 미안하다는 말도 못했는데."

"시즈오카에 가자는 연락을 바로 그 전날에 받았다고 들었습니다." 가가는 말했다. "그 전날 갑자기 전화가 왔었다고 친구분이 말했어요. 하지만 그런 갑작스러운 얘기에도 냉큼 응할 수 있는 게 결혼 안 한 외기러기의 특권이라면서 웃더라고요."

그녀다운 말투라고 생각하며 나오코는 친구의 얼굴을 머릿속에 떠올렸다.

"왜 갑자기 그 친구분에게 연락했지요?" 약간 정색하는 어조로 가가는 물어왔다.

"갑자기 생각났기 때문이에요. 혼자 시즈오카까지 가는 건 너무 심심하잖아요."

"역에서 만나자고 한 것도 당신 쪽이었다던데요?"

"그랬나? 잊어버렸어요."

"게다가 택시 승차장 근처를 약속 장소로 지정했다고 하던데요. 대개는 비가 내릴 경우를 생각해서 역 안에서, 이를테면 개표구 근처에서 만나기로 하지 않나요?"

"역 안은 사람들이 많아서 오히려 찾기가 어렵다고 생각했어요."

"정말 그런 거예요?" 가가가 나오코의 눈을 지그시 응시했다.

"그런 게 아니면 뭐라는 거죠? 대체 무슨 말을 하고 싶으신 거예요?" 흥분하면 진다는 걸 알면서도 나오코는 저절로 목소리가 갈라져버렸다.

가가는 문득 어깨의 힘을 빼는 듯한 몸짓을 했다.

"약속 장소가 택시 승차장 근처였기 때문에 친구분도 사고를 목격할 수밖에 없었어요."

"아, 그건……." 나오코는 앞머리를 쓸어 올렸다. "그 점은 정말 미안하게 생각해요. 누구라도 그런 끔찍한 광경은 보고 싶지 않겠지요."

가가는 항상 하던 대로 수첩을 꺼냈다.

"승용차에 타려고 하는 순간에 트럭이 덮쳤기 때문에 피해자는 두 차 사이에 끼는 모양새가 되었다더군요. 특히 상반신의 손상이 심하고, 머리는 완전히 짓눌려서—."

"그만해요!" 나오코는 두 손으로 귀를 막아버렸다. 그때의 광경은 더 이상 떠올리고 싶지 않았다.

가가는 수첩을 덮었다.

"그 사고의 담당자에게서 이야기를 듣고 왔어요. 얼굴을 전혀 판별할 수 없었다고 하더군요. 신원 확인의 근거가 된 것은 피해자가 소지한 면허증과 곁에 있던 가족, 즉 당신의 증언이었다고 하던데."

"그게 어떻다는 거예요?"

"장례식에 참석한 사람들에게도 물어봤어요. 관 뚜껑을 열고 고인과 마지막 작별을 하는 통상의 의식이 남편분의 경우에는 없었다고 하더군요. 얼굴이 뭉개졌기 때문이라던데요."

"그게 무슨 문제가 되나요? 실제로 그랬으니 어쩔 수 없잖아요?"

그러자 가가는 몸을 앞으로 내밀며 테이블에 두 손을 짚었다.

"내가 어떤 생각을 하는지 잠깐 들어볼래요? 우스운 얘기라고 흘려 넘기셔도 괜찮습니다."

"그야 상관없지만, 난 이제 그만 시장에 나가봐야……."

이를테면, 이라고 가가는 말했다. "A라는 여성이 B라는 남성을 살해했다고 합시다. 고의적이었는지 어떤지는 모릅니다. 중요한 건 그녀에게는 자수할 마음이 없었다는 점입니다. 자수하지 않고 어떻게든 경찰의 의심을 피할 방법은 없을까, 하고 생각했습니다. 그래서 그녀는 또 다른 C라는 남성에게 도움을 청하기로 했습니다. 구체적으로 어떻게 했는가. C에게 부탁해서 그가 B인 척 제삼자 앞에 모습을 드러낸 거예요. 물론 그 이후에 사체가 발견될 때까지 A의 알리바이는 완벽하지 않으면 안 됩니다. A는 친구와 함께 이삼 일 도쿄를 떠나 있기로 했습니다."

"잠깐만요, 가가 씨—."

"이 계획은 순조롭게 진행되는 듯했습니다. 그런데 전혀 예기치 못한 일이 일어났어요. B인 척 모습을 드러냈던 C가 사고로 죽어버렸습니다. A는 어쩔 줄을 몰랐겠지요. 하지만 단 한 가지, 행운이 있었습니다. 사체의 신원을 판별하기가 어려웠던 거예요. A는 마지막 승부에 나섰습니다. 즉 그 사체는 B라고 증언하고 C의 사체를 B로서 화장해버린 겁니다."

"말도 안 돼." 나오코는 자리에서 벌떡 일어섰다. "그러니까 그게 나카세 씨라는 건가요?"

"최소한 확인할 가치는 있다고 생각합니다." 가가는 조용히 말했다. "다행히 그때 사망한 사람의 혈액이 아직 사고 차량에 묻어 있었어요. 남편분의 머리카락 하나만 있으면 DNA 감식이 가능합니다."

"남편의 머리카락 같은 거, 이제 없을걸요? 그 뒤로 수없이 청소를 했으니까요."

"그 점은 괜찮습니다. 남편분은 회사에 전용 작업모를 갖고 있었어요. 그곳에 몇 가닥의 머리카락이 붙어 있었어요."

"그렇다면……, 감식이든 뭐든 해보시면 되잖아요?"

나오코는 빠른 걸음으로 주방으로 갔다. 그리고 유리잔에

물을 따라 단숨에 마셔버렸다. 가가가 이상하게 생각하리라는
건 이미 각오했다. 서 있기도 괴로울 만큼 가슴이 답답하고 숨
쉬기가 힘들었던 것이다.

8

"오늘은 이만 실례하겠습니다." 나오코가 돌아오자 가가가
자리에서 일어서며 말했다. "이제는 과학의 힘에 매달릴 수밖
에 없겠군요."

나오코는 아무 대꾸도 하지 않았다. 적절한 말이 생각나지
않았던 것이다.

"어라, 이게 왜 젖었지?" 가가가 자신의 오른쪽 옷소매를 보
고 있었다. 손목 위쪽의 소매에 물이 묻어 있었다.

가가는 손수건을 꺼내 닦으며 천장을 올려다보았다. 나오코
도 덩달아 위를 보았다.

가슴이 철렁했다.

정확히 가가가 앉았던 자리 위쪽의 천장이 눅눅하게 젖었
다. 그리고 그곳에서 물방울이 뚝뚝 떨어지고 있었다.

"이상하네, 비 오는 날도 아니고. 게다가 새집에서 빗물이
샐 리도 없는데?"

"아, 아까 2층에서 깜빡 꽃병을 넘어뜨렸어요." 나오코는 순간적으로 말했다. "꽃병이 꽤 커서 그 물이 바닥에 스며든 모양이네요."

"그러면 빨리 조치를 하는 게 좋겠군요. 도와드릴까요?"

"아뇨, 괘, 괜찮아요."

"그렇습니까. 그럼 나는 이만." 가가는 현관으로 향했다.

가가가 나가자 나오코는 현관문을 잠갔다. 저절로 한숨이 새어나왔다.

프로 형사는 역시 무섭다는 것을 실감했다. 아마추어가 생각해낸 계획 따위는 아주 사소한 힌트로도 척척 간파해내는 모양이다.

가가가 조금 전에 말했던 내용은 나카세가 세운 계획과 거의 똑같았다. 다른 점은 남편을 살해하는 역할을 맡은 게 나오코가 아니라 나카세 본인이라는 것이었다. 그는 마지막까지 그녀에게 험한 짓을 시키려 하지 않았다. 두 사람을 위해 하는 일이지만 위험한 일은 자기 한 사람만으로도 충분하다고 생각했던 것이리라.

"계획을 실행할 수 있는 건 토요일뿐이야. 게다가 당신이 집을 나온 뒤, 아직 살아 있는 남편의 모습을 제삼자가 목격할 수 있어야 해." 전화로 나카세는 말했다.

"내가 시즈오카로 떠난 뒤에 그 사람은 곧바로 후쿠이에 가기로 했어. 그렇다면 기회가 없을 텐데."

"그러니까……" 나카세는 목소리를 낮추어 말했다. "실제로는 당신이 집을 나오기 전에 범행을 끝낼 거야."

"그게 무슨 소리야?"

"말하자면……"

나카세가 말한 계획은 다음과 같은 것이었다. 우선 토요일 저녁에 나오코는 남편 다카마사에게 수면제를 먹인다. 그가 잠이 들면 나오코는 나카세에게 연락한다. 그녀가 옆집에 인사하러 가 있는 사이에 나카세는 집에 몰래 들어와 다카마사를 죽인다. 그리고 그는 다카마사의 옷을 입고, 옆집에서 돌아온 나오코를 자동차로 역까지 배웅한다. 제삼자와 역에서 만나기로 약속해서 다카마사가 살아 있다는 증인이 되도록 한다. 단지 이 제삼자는 다카마사의 얼굴을 정확히 알지 못하는 사람이어야 한다.

잘될까, 라고 나오코는 전화로 몇 번이나 물었다. 막상 해보지 않고서는 알 수 없는 일이라는 건 알고 있었지만, 그렇게 자꾸만 묻지 않을 수가 없었던 것이다.

잘될 거야, 라고 나카세는 그때마다 대답했다. 그는 스스로에게도 그것을 다짐하려고 했는지 모른다.

하지만 그 모든 계산이 어그러져버렸다.

나오코는 계단을 뛰어올라갔다. 복도를 빠른 걸음으로 걸어 침실로 들어갔다.

얼핏 보기에는 방 안에 별다른 변화는 없었다. 바닥이 젖은 것 같지도 않았다. 하지만 1층 천장에서 물이 뚝뚝 떨어졌다면 그 원인은 단 한 가지밖에 없었다.

그녀는 더블침대로 다가가 위에 씌운 담요를 벗겨냈다. 그리고 베개를 내려놓고 매트를 걷었다.

썰렁한 공기가 그녀의 얼굴에 와 닿았다.

매트 아래는 나무틀로 에워싸인 공간이었다. 지금 그곳은 나오코만의 비밀의 세계였다.

그녀는 그 안을 점검했다. 하지만 이상은 없었다. 물이 샐 리가 없었다.

이상하네, 라고 생각했을 때였다.

"역시 그곳이었나요?" 복도 쪽에서 소리가 들렸다.

흠칫 놀라서 돌아보니 가가가 천천히 방으로 들어오고 있었다. 그는 슬픈 표정이었다.

나오코는 꼼짝도 할 수 없었다. 조금 전에 떠났던 형사가 어떻게 이곳에 와 있는가 하는 의문이 뇌리를 스쳤다. 그와 동시에 그런 건 별 문제도 아니라는 마음이 들었다. 마침내 와야 할 때가 온 것뿐이다.

"정원 쪽으로 들어왔어요. 거실 유리문의 고리를 미리 내려됐거든요."

돌아가는 척하고 다시 슬쩍 들어왔다는 말인 모양이다.

"그럼 물이 샜다는 건……."

"이거예요." 가가는 오른손에 들고 있던 것을 내밀었다.

그것은 플라스틱 물총이었다. 분명 옆집 아이 아베 고헤이가 갖고 놀던 장난감일 터였다.

"아까 당신이 자리를 비운 사이에 이 물총으로 천장에 물을 뿌렸어요. 그러면 당신이 틀림없이 비밀 장소를 열어볼 거라고 생각했거든요. 속임수를 써서 미안합니다. 하지만 강제 수색만은 피하고 싶었어요. 이해해주십시오." 가가는 머리를 숙였다.

"어떻게 여기에 감춰뒀다는 걸……."

"다른 곳은 생각나지 않았기 때문이에요. 사람 하나를 감추고, 게다가 간이 냉동실을 만들 수 있는 공간이라면 침대 아래뿐이죠. 이런 추운 날씨에 이 방 창문만 항상 활짝 열려 있는 것도 의심스러웠어요. 마치 방 전체를 얼리려는 것처럼."

"집 안에 사체가 있다고 확신했던 모양이군요."

"그건 간단한 산수였어요. 두 남자가 사라졌고, 한 사람의 사체는 이미 화장을 했습니다. 그러면 남은 한 사람은 어디로 사라졌는가."

"그렇군요." 나오코는 바닥에 무릎을 짚었다. "그래요, 간단하네요."

　그 간단한 계산이 어그러진 것이라고 그녀는 생각했다.

　"중요한 힌트는 옆집 아주머니의 말에서 얻었습니다."

　"아베 기누에 씨의?"

　"그래요. 장례식 뒤에 당신은 냉동식품만 드셨다고 하더군
요. 그 말을 들었을 때, 당신에게는 냉동고가 필요했는지도 모
른다는 생각이 들었습니다. 가장 먼저 생각난 것은 사체를 토
막 내어 냉동했다는 것이었죠."

　"그, 그런……." 나오코는 고개를 저었다. 듣는 것만으로도
소름이 끼쳤다.

　"네. 그런 건 당신으로서는 어려운 일이죠. 게다가 이 집 냉
장고를 보니 아무리 토막을 내도 한 사람 분의 사체가 들어가
는 건 불가능했습니다. 뭔가 다른 가능성을 찾아야 했어요. 그
래서 이 근방의 약국을 탐문해봤습니다. 당신 사진을 들고."

　가가의 말을 듣고 나오코는 한숨을 내쉬었다.

　"나를 기억하는 사람이 있던가요?"

　"네, 꽤 많았어요." 가가는 말했다. "보냉제를 네다섯 개씩 사
가는 사람은 그리 많지 않으니까요."

　"그렇겠네요." 나오코는 피식 웃었다. 자조의 웃음이었다.
"좀 더 여러 약국을 돌았어야 하는데……."

　"편의점에도 알아봤어요. 역 앞 가게에서 당신이 매일같이

얼음을 사 갔다는 증언을 얻었습니다. 편의점에서 얼음을 사고, 돌아오는 길에는 꽃집에 들르는 게 당신의 일과였어요."

"얼음…… 네, 정말 무거웠어요."

"'관' 속을 좀 보여주시겠습니까?"

"그러시죠." 나오코는 침대에서 한 걸음 물러섰다. "보세요."

가가가 침대로 다가왔다. 그는 지문이 묻을까 봐 그러는지 하얀 장갑을 끼면서 안을 들여다보았다.

나오코는 그의 얼굴을 응시했다. 형사는 일순 의아한 표정을 지었고, 이어서 이상하다는 듯한 눈빛이 되었다. 그리고 이윽고 놀란 얼굴로 바뀌었다.

"이건?"

"네, 그래요." 그녀는 고개를 끄덕였다. "가가 씨가 상상한 것과는 다르지요?"

"어떻게 된 거예요?"

"계산이 어그러졌던 거예요, 처음부터." 그렇게 말하고 그녀는 시선을 떨구었다.

침대 안의 관에 누워 있는 것은 남편 다카마사가 아니라 나카세 유키노부의 사체였다.

9

20일 저녁, 옆집의 아베 기누에에게 인사를 한 뒤, 나오코는 집으로 돌아왔다. 당초 계획대로라면 범행을 마친 나카세 유키노부가 그녀를 기다리고 있을 터였다.

하지만 현관에서 그녀를 맞이한 것은 나카세가 아니라 남편이었다.

그는 나오코의 짐을 손에 들고 있었다.

"꾸물거리다 늦겠어. 친구를 역에서 만나기로 했댔지?" 그렇게 말하더니 구두를 신고 냉큼 밖으로 나갔다.

어떻게 된 일인지 알지 못한 채, 나오코는 남편의 뒤를 따라 나갔다. 다카마사는 벌써 차에 타는 참이었다.

계획이 바뀌었는지도 모른다고 그녀는 생각했다. 나카세 쪽에서 뭔가 사정이 있어서 범행을 중지할 수밖에 없었는지도 모른다. 그렇게 생각하니 나오코는 적잖이 섭섭하면서도 역시 마음이 턱 놓였다. 살인이라는 큰 죄는 범하고 싶지 않았고, 나카세에게도 그런 죄를 저지르게 할 수 없다는 생각이 그녀의 마음속 대부분을 차지하고 있었던 것이다.

앞으로의 일은 시즈오카에 다녀온 뒤에 생각하자, 라고 그녀는 생각했다.

차 안에서 남편은 내내 말이 없었다. 그 이유에 대해 그녀는 그리 깊이 생각하지 않았다. 아내가 집을 비울 때는 언제라도 부루퉁한 얼굴을 하는 사람이었기 때문이다.

그런 남편이 입을 연 것은 역이 저만치에 보였을 때였다.

나오코, 라고 낮은 목소리로 그는 말을 건넸다.

그 목소리를 듣는 순간, 왠지 나오코는 등줄기가 오싹했다. 분명 불길한 말이 튀어나올 거라고 직감했다.

"나를 얕잡아보면 안 돼. 네가 집에서 뭘 하는지 내가 다 꿰고 있으니까."

"무, 무슨 말이야?"

"네가 시즈오카에서 돌아오면 가르쳐주지. 아무튼 나쁜 건 너희들 쪽이야."

너희들, 이라고 표현한 것을 보면 남편이 그녀와 나카세의 관계를 알고 있다는 건 틀림이 없었다. 그것도 충격이었지만, 무엇보다 마음에 걸린 것은 나카세가 지금 어떻게 되었는가 하는 것이었다.

하지만 그런 것을 남편에게 물어볼 수는 없었다. 그런 상태로 자동차는 역에 도착했다.

다카마사는 차를 세우고 트렁크를 열어 나오코의 짐을 내렸다. 그리고 그녀를 쓰윽 흘겨보더니 다시 차에 타려고 걸음을 옮겼다.

사고가 일어난 것은 그 순간이었다.

처음에는 무슨 일이 벌어졌는지도 알지 못했다. 조금 전까지 자신이 타고 있던 차의 옆구리에 거대한 트럭이 머리를 들이박고 있었다. 주위의 소란스러운 소리와 사람들이 뛰어오는 소리도 유리문 너머에서 들려오는 것처럼 멍하기만 했다.

그리고 그다음 일을 생각해내려고 하면 나오코는 항상 기억이 혼란스럽다. 경관이 진술 조사를 했던 게 병원이었는지 경찰서였는지조차 생각나지 않았다. 함께 시즈오카에 가기로 했던 친구가 계속 곁을 지켜주다가 집에까지 데려다준 것만 겨우 기억에 남아 있었다.

하지만 그 뒤의 일은 선명하게 기억이 난다. 정신 나간 사람처럼 허청허청 침실에 들어와서 불을 켠 순간, 그것이 눈에 뛰어들었던 것이다.

침실 바닥에 쓰러져 있는 것은 나카세 유키노부였다. 그래도 그녀는 달려가 그의 몸을 흔들어보았다. 그 눈꺼풀이 열리기를 필사적으로 기도했다. 하지만 반응은 없었다.

나오코는 모든 것을 깨달았다. 나카세는 거꾸로 남편에게 살해된 것이다. 나중에 보니 남편은 수면제를 먹지 않았었다. 나오코와 나카세의 계획을 눈치채고, 자는 척하면서 나카세를 기다린 것이었다.

처음부터 남편에게 살의가 있었는지 어떤지는 알 수 없다. 나카세의 사체를 발견했을 때는 의도적으로 살해한 거라고 생각했지만, 시간이 지나면서 그런 게 아닐지도 모른다는 마음이 들었다. 두 번 다시 아내에게 접근하지 못하도록 나카세를 위협만 하려고 했는지도 모른다. 왜냐하면 나카세의 몸에 눈에 띄는 외상이 없었기 때문이다. 찬찬히 관찰해보니 손으로 목을 조른 듯한 흔적이 희미하게 보였다. 유도 선수였던 남편이 협박할 마음으로 목을 조르다가 깜빡 지나치게 힘이 들어갔는지도 모른다.

"나쁜 건 너희들 쪽이야." 그렇게 말하던 남편의 목소리가 되살아났다. 그것은 자신이 깜빡 상대를 죽이고 만 것에 대한 변명이 아니었을까.

하지만 진상은 물론 알 수 없었다.

분명한 것은 남편이 나오코와 나카세의 계획을 미리 알고 있었다는 것이다. 며칠 전, 남편의 책상 속을 정리하다 보니 녹음테이프 한 개가 들어 있었다. 거기에는 나오코와 나카세의 전화 대화가 녹음되어 있었다. 아무래도 집 전화에 도청기를 설치해둔 모양이었다. 아마도 두 사람의 관계를 눈치채고 그것을 확인하려고 한 것이리라. 그런데 그 대화 내용이 자신을 죽이려는 계획이었으니 나오코와 나카세에 대해 강한 증오를 품었을 게 틀림없다.

토요일과 일요일에 남편이 후쿠이에 간다고 했던 것도 거짓말이었다. 두 사람이 이번 계획을 포기하게 하려고 그렇게 말한 모양이었다. 하지만 나카세가 나오코의 출발 직전에 실행에 옮긴다는 방법을 생각해냈고, 그것을 알게 된 남편은 집에서 그를 기다리기로 했을 것이다.

"나카세 씨 부인에게 전화한 것도 남편분이었겠군요." 나오코의 말을 다 들은 뒤, 가가 형사가 말했다. "그렇게 해서 두 분을 헤어지게 하려고 했던 모양이에요."

"나와 나카세 씨의 관계를 알았으면서 왜 나한테 직접 말을 안 했을까요." 나오코는 말했다. 가가 형사에게 물은 것이 아니라 혼잣말을 한 것이었다.

"남자는 여러 가지 타입이 있어요. 평소에는 횡포하고 무신경하면서도 막상 여차할 때는 아무 말도 못하는 남자들이 많아요. 자신이 사랑하는 사람일 경우에는 더욱더 그렇지요."

"남편이 나를 사랑했다는 말인가요?"

"예에." 가가는 고개를 끄덕였다. "그렇게 생각합니다. 그래서 나카세 씨를 죽인 뒤에도 우선 당신을 역까지 배웅했겠지요. 당신이 친정에 가 있는 동안 혼자서 사체를 처리하려고 했던 거예요. 당신을 사랑하지 않았다면 분명 당신에게 그 일을 거들게 했을 겁니다."

나오코는 고개를 갸웃거렸다. 그럴지도 모르고, 그렇지 않을지도 모른다. 이제는 확인할 수도 없는 일이다. 그리고 그녀에게 그건 어느 쪽이든 상관없는 일이었다.

"한 가지 물어볼까요." 가가는 말했다. "당신은 이런 식으로 나카세 씨의 유체를 보존해서 앞으로 어떻게 할 생각이었어요? 언젠가는 땅에 묻거나 태울 생각이었습니까?"

"설마." 나오코는 엷게 웃었다. "내가 어떻게 그런 일을 할 수 있겠어요."

"그러면……."

"나도 어떻게 해야 할지 알 수가 없었어요." 나오코는 말했다. "이 사람을 발견했을 때, 우선 생각난 것은 누구에게도 들켜서는 안 된다는 것뿐이었어요. 그래서 정신없이 침대 밑에 감췄습니다. 그리고 그다음에는 부패할까 봐 걱정이 되더군요. 남편 일로 장의사를 만났을 때, 혹시 장례식이 늦어지면 사체를 보냉제로 얼려둔다는 말을 들었어요. 나도 그 방법을 쓰기로 했죠. 안쪽에 스티로폼을 깔고 보냉제를 스무 개나 넣었어요. 따로 스무 개는 냉동고에 넣어서 얼리고……. 매일 저녁마다 갈아주는 게 정말 힘들었어요. 하지만 언제까지나 이러고 있을 수 없다는 것도 알고 있었어요. 그렇다고 그만둘 수도 없었어요."

그리고 그녀는 후우 한숨을 내쉬었다. "가가 씨에게 들켜서 솔직히 마음이 놓이기도 해요."

"전화를 좀 써도 될까요?"

나오코는 방 한쪽 구석을 가리켰다. 화장대 위에 무선 전화기가 놓여 있었다.

가가가 다가가 전화기를 집어 들었다. 번호 버튼을 누르는 소리가 났다.

"여보세요, 과장님이십니까? 가가예요. 예상했던 대로 집 안에서 변사체가 발견되었습니다. 서둘러 사람을 보내주십시오. 주소는요, 네리마구―."

가가가 전화하는 소리를 들으며 나오코는 '관'에 손을 내밀었다.

나카세 유키노부는 그녀가 발견했을 때 그대로, 온화한 얼굴로 눈을 감고 있었다. 그의 몸 주위에는 얼음봉투와 보냉제와 함께 마거리트 꽃이 장식되어 있었다.

언젠가 그가 나오코에게 준 꽃이다.

"마거리트의 꽃말은 '마음에 감춰둔 사랑'이래." 소년처럼 뺨을 붉히며 그는 그런 말을 했었다.

나오코는 그의 뺨을 가만히 쓰다듬었다. 그것은 차갑고 돌처럼 딱딱했다.

"이제 이별이네."

얼어붙은 그의 뺨에 그녀의 눈물이 떨어졌다.

친구의 조언

1

고양이 비키에게 먹이를 준 직후에 전화가 울렸다. 아내 미네코에게서 온 것이었다.

"비키에게 밥은 줬어?" 그녀는 가장 먼저 그것부터 물었다.

"방금 줬어." 그렇게 대답하면서 하기와라 다모쓰는 손목시계를 보았다. 오후 7시를 조금 지났다. "당신은 예정대로 가는 거야?"

"응, 집에는 내일 점심때나 들어갈 거 같아."

"그래? 뭐, 오랜만에 다들 만났으니까 천천히 놀다 와."

"당신은 오늘 저녁에 회식이 있다고 했지?"

"회식이라고 할 만큼 거창한 건 아냐. 그냥 옛날 친구."

"그래? 하지만 너무 늦지 않도록 해. 요즘 내내 회사 일이 바빴잖아. 조금 쉬기도 해야지."

하기와라는 한숨을 한 차례 내쉬고 무선 전화기를 다른 손으로 바꿔 들었다.

"내 걱정은 할 거 없어. 슬슬 나가야 할 시간이니까 그만 끊는다."

"응. 아무튼 무리하지 마. 그리고 비타민제, 먹는 게 좋을 거야. 항상 먹던 드링크도."

"알았어, 알았어."

전화를 끊은 뒤 하기와라는 의자 등받이에 걸어두었던 상의를 걸쳤다. 그리고 아내의 말이 생각나서 주방 수납장의 서랍을 열었다. 거기서 하얀 알약이 든 유리병을 꺼냈다. 비타민제 병이었다.

두 알을 손바닥에 꺼내 들고 부엌으로 갔다. 물을 받을 컵을 찾아봤지만 항상 있던 자리에 컵이 없었다. 어쩔 수 없이 그는 다른 선반에서 바카라 브랜디 글라스를 꺼냈다. 그곳에 정수기 물을 받은 뒤 비타민제를 입에 넣고 물과 함께 꿀꺽 삼켰다. 잠깐 목에 걸리는 감각이 있었다. 이 감각이 하기와라는 영 마음에 들지 않았다.

그는 냉장고를 열고 문짝 선반에서 자그마한 병을 꺼냈다.

드링크 병이었다. 가격 스티커가 붙은 뚜껑을 비틀어 열고 꿀 꺽꿀꺽 마셨다. 애매한 단맛이 입안에 퍼졌다. 이것 역시 그는 그리 마음에 들지 않았다. 다시 한번 글라스의 물로 입가심을 했다.

현관에서 구두를 신을 때, 신발장 위에 붙은 그림이 바뀌었다는 것을 알았다. 어제까지는 고속도로를 달리는 자동차 그림이었는데 지금은 물고기 그림이다. 색연필로 그린 것이었다. 어떤 물고기를 그리려 한 것인지는 알 수 없었다. 아무튼 파란 물고기다. 그것이 오른쪽을 향해 헤엄치고 있었다. 같은 방향으로 요트도 달렸다. 둘이서 경주를 한다는 건가.

외아들 다이치는 그림 그리기를 좋아했다. 같은 유치원 아이들 중에서도 두드러지게 잘 그리는 편이라고 했다. 앞으로 일류 화가가 될 거라고, 아내는 진지한 얼굴로 말했지만 하기와라는 그런 건 기대도 하지 않았다. 나 어렸을 때도 이 정도는 그렸는데, 라고 생각했다. 근데 지금은 그림과는 아무 관계도 없는 일을 하고 있다. 재능이라는 건 그리 간단히 발휘되는 게 아닌 것이다.

그 다이치는 아내 미네코와 함께 요코스카의 외할머니댁에 갔다. 오늘 점심때, 아내의 고등학교 동창회가 있기 때문이다.

하기와라는 집을 나와 문단속을 하고 주차장에 세워둔 벤츠에 올랐다. 집 주차장에는 두 대를 세울 수 있었다. 또 한 대,

피아트는 아내 미네코가 타고 갔다.

시동을 걸고 요코하마 자택을 나선 것이 오후 7시 20분이다. 친구와의 약속은 8시였다. 시부야에서 만나기로 했다. 조금 늦을지도 모르겠군, 길이 막히지 않아야 할 텐데, 라고 하기와라는 생각했다.

도메이 고속도로에 올라서기 전에 휴대전화가 울렸다. 사원에게서 온 것이었다. 오늘은 금요일이지만 휴일이었다. 세상은 3일 연휴의 첫날이라고 들썽거리고 있었다. 하지만 하기와라의 회사에 근무하는 사원들 중에 휴일은커녕 토요일과 일요일도 확실하게 쉴 수 있다고 생각하는 사람은 없었다.

"선라이즈 빌딩 건인데요, 내부 인테리어 업자와 회의가 끝났습니다. 납기는 이쪽이 원하는 대로 해줄 것 같습니다."

"견적은?"

"당초 예정했던 액수보다 7퍼센트 좀 넘게 손을 썼습니다."

"오케이. 그거면 됐어. 임시 주차장 쪽은 어때?"

"아직 2백 대 분량이 부족합니다. 나가사카가 알아보고 있는데 가까운 곳은 아무래도 어렵겠어요. 도보 5분 거리로 좀 범위를 넓히면 후보지가 있습니다만."

"도보 4분 거리에서 다시 찾아봐."

전화를 끊었을 때, 마침 고속도로 입구에 도착했다.

시계를 보면서 시간을 계산해보았다. 역시 조금 늦을 것 같다. 찻집에 전화를 해둘까, 라고 생각했다. 다시 휴대전화를 손에 들었다.

그때였다. 급격하게 졸음이 몰려왔다. 온몸의 신경이 둔해져가는 게 느껴졌다.

안 되는데, 왜 이러지―.

핸들을 쥔 채, 앞쪽과 손에 든 휴대전화 액정화면을 번갈아 바라보았다. 오늘 약속했던 게 어떤 찻집이었더라. 신주쿠? 아니, 그게 아니지. 시부야였어.

두통과 함께 의식이 가물가물해지는 감각이 있었다. 위험해. 이대로 가다가는 사고를 내겠어. 어딘가에 차를 세우고 좀 쉬는 게 좋겠다. 어디서 쉴 수 있더라. 이 앞에 휴게소가 있었어. 에비나인가? 아니, 에비나는 요코하마보다 뒤쪽이었지.

기묘한 영상이 나타났다. 길 한복판에서 다이치가 손을 흔들고 있었다. 아냐, 저건 다이치가 아니야. 내가 지금 뭘 하고 있지?

하늘을 나는 꿈을 꾸었다. 아, 이건 꿈이구나 하고 자각했다. 어디선가 새가 울고 있었다. 묘한 울음소리였다. 지독히 시끄러웠다―.

2

"그러니까 내가 몇 번을 말했잖아. 행사 도우미는 좀 줄여도 괜찮아. 기술자를 데려오라고. 말을 좀 잘하는 기술자여야 돼. 되도록 젊은 사람이 좋아. 생각해봐, 손님들이 뭘 보러 오겠어? 미니스커트 입은 여자들을 보러 오는 게 아니야. 마니아들이 몰려오는 거라고, 컴퓨터와 게임 마니아들! 그 사람들은 난해한 이야기를 좋아해. 난해한 이야기를 할 줄 아는 놈들을 모아들여. 알았지?"

병원에 설치된 전화를 끊은 뒤, 하기와라는 사이드테이블에 놓인 컴퓨터의 마우스를 왼손 하나로 눌러댔다. 이메일부터 꼼꼼히 점검했다. 몸을 자유롭게 움직일 수 없어서 동작이 둔하기만 한 게 답답했다.

"이런 때까지 일을 할 건 없는데." 욕실에서 나온 미네코가 어이없다는 얼굴로 말했다. 화장을 고치고 나왔다는 것을 하기와라는 알아보았다.

"그런 한가한 소리를 할 때가 아냐. 벌써 일주일 동안 아무것도 못했잖아. 그걸 만회하려면 이삼 일은 철야로 뛰어다녀야 할 정도야. 아무튼 늦어지는 걸 최소한으로 줄여야지."

"하지만 그러다가는 몸이 안 낫지."

"가만히 있는다고 부러진 뼈가 철썩 붙는다면야 나도 기꺼

이 가만히 있지." 하기와라는 컴퓨터 화면을 들여다보며 말했다.

미네코는 아무 말도 하지 않았다. 포기한 게 아니라 이 정도 말했으면 아내로서의 역할은 다했다고 생각했기 때문일 거라고 하기와라는 내심 짐작했다.

두 차례, 노크 소리가 났다. "누구지?"라고 말하며 미네코가 문 쪽으로 갔다.

문을 열자 그와 동시에 "어머"라고 그녀는 말했다. 찾아온 이의 모습이 하기와라가 누운 자리에서는 보이지 않았다.

"가가 씨예요." 미네코가 말했다. 그 뒤로 키가 훌쩍 큰 가가가 나타났다.

"여어." 친구 얼굴을 올려다보며 하기와라는 말했다. "또 너냐?"

"뭐야, 내가 오는 게 귀찮아?"

"의외로 우정이 돈독한 친구여서 잠깐 놀랐을 뿐이야. 아니면 네리마 경찰서라는 데가 꽤 한가한 모양이지?"

"세상을 위해서는 한가한 게 좋은데, 안타깝게도 그렇지를 못하다. 이 근처에 탐문 나온 김에 잠깐 들렀어."

"뭐야, 지나가는 길에 들른 거였어? 그렇다면 그 손에 든 것은 선물이 아니라는 얘기구나?" 하기와라는 가가의 손을 보며 말했다. 친구는 작은 편의점 봉투를 들고 있었다.

"응, 선물 아니야. 내 도시락이다."

"좋겠네. 형사께서 도시락 들고 탐문 수사를 다니시다니. 맞아, 형사는 자고로 그래야지." 하기와라는 웃었다. 웃었더니 가슴과 옆구리가 아팠다. 늑골이 부러졌기 때문이다.

"가가 씨, 마실 것 좀 드릴까요?" 미네코가 물었다.

"아뇨, 나는 괜찮습니다." 가가는 손을 저었다. "그보다 제수 씨, 바깥에 볼일이 있으시면 지금 얼른 다녀오세요. 여기는 내가 한참 지키고 있을 테니까요."

그의 말을 듣고 미네코는 깜빡깜빡 눈을 깜빡였다.

"아, 그래요? 하지만……." 망설임이 떠오른 얼굴을 남편에게로 향했다.

"좋지, 뭐. 기왕 가가가 이렇게 찾아와줬는데. 당신, 쇼핑도 해야 하잖아?"

"응, 그렇긴 한데……."

"다녀와. 당신 올 때까지 이 친구 붙잡아둘게. 어차피 이 친구는 경찰에서 별로 기대도 안 해. 서에 약간 늦게 들어가도 힘들 사람 하나도 없어."

"아이, 여보, 그런 말이 어딨어. 저어, 그럼 잠깐 다녀와도 괜찮을까요?" 미네코는 눈을 슬쩍 치켜뜨며 가가를 보았다.

"예, 다녀오세요, 다녀오세요."

"미안해요. 되도록 빨리 돌아올게요." 그렇게 말하더니 그녀는 자신의 상의와 핸드백을 집어 들었다. "여보, 컴퓨터는 적당히 좀 해. 몸에 좋지 않다고 의사 선생님도 말했잖아."

"응, 알아. 이제 끝낼 거야."

그러면 잘 부탁합니다, 라는 말을 가가에게 남기고 미네코는 병실을 나갔다.

둘만 남은 뒤에도 가가는 의자에는 앉지 않고 우선 창문 쪽으로 다가갔다.

"15층이라서 역시 경치가 좋군. 게다가 이렇게 깨끗한 일인 병실이면 가끔 드러눕는 것도 나쁘지 않겠는데?"

"아무리 경치가 좋아도 움직이지를 못하면 내다볼 수도 없어. 실은 오늘 아침부터 똥구멍이 가려워 죽을 지경인데 깁스 때문에 긁지도 못하고 있다. 얼마나 괴로운지 너는 모를 거다."

하기와라의 말에 가가는 느물느물 웃으며 다시 돌아왔다. 그리고 침대 옆 의자에 자리를 잡고 앉았다.

"그래서, 몸은 좀 어때?" 이 말을 할 때는 역시나 웃음은 사라지고 없었다.

"한동안 꼼짝도 못할 것 같아. 뭐, 나으면 걸을 수는 있는 모양이더라."

"아까 의사 선생에게 설명을 듣고 왔어. 머리에는 이상이 없다고 했어."

"정말 다행이야. 이게 고장 나면 밥 벌어먹고 살 수가 없거든." 하기와라는 왼손으로 자신의 머리통을 가리켰다.

도메이 고속도로에서 측벽을 들이박는 사고를 일으킨 게 일주일 전의 일이었다. 그나마 후속차량이 없어서 2차 피해가 발생하지 않았던 것은 큰 행운이라고 해야 할 것이다. 다리, 허리, 가슴, 어깨 등을 합하여 십여 곳이 골절되었지만, 만일 후속차가 있었다면 그 정도로는 끝나지 않았을 것이다. 재활 치료를 하면 언젠가는 원래대로 움직일 수 있다는 의사의 보증도 받았다.

"이번 기회에 푹 쉬어. 말처럼 계속 달리기만 하는 사람 중에 제대로 성공한 사람은 없다더라."

"흥, 다들 똑같은 소리를 하네." 하기와라는 쓴웃음을 지어 보였다. "하긴 그것도 일리 있는 말이야. 이번 사고로 나도 그럴 마음이 생겼어. 체력에는 자신이 있다고 생각했는데 역시 나이는 못 속이나 봐. 졸음운전을 하다니, 진짜 한심하다."

그의 말에 대해 가가는 아무 대꾸도 하지 않았다. 말없이 한차례 시선을 떨구었을 뿐이다. 그리고 자리에서 일어나 입구쪽으로 갔다. 문을 열었다 닫는 소리가 났다. 그리고 돌아왔다.

"그래서……." 가가는 의자에 다시 앉았다. "그날 나한테 하려던 얘기가 뭐야?"

"아, 그거." 하기와라는 일단 입을 다물고 잠시 생각해본 뒤에 말했다. "아냐, 이제 됐어. 별일도 아니야."

"뭐야, 어째 어정쩡한 말투다?"

"아니, 정말로 별일 아니었어. 너한테 말해봤자 소용도 없는 일이야. 그날 괜히 너를 나오라고 해서 미안하다."

"그 별것도 아닌 이야기를 하려고 무리하게 고속도로를 윙윙 달렸어? 잠이 오는 것도 참아가면서?"

"내가 잠깐 정신이 나갔었나 봐. 진짜로 피곤했던 모양이야. 머리가 제대로 돌아가지를 않아서 사소한 일을 과장해서 걱정한 면이 있었어. 이렇게 편안하게 쉬다 보니 굳이 너한테 상의할 일도 아니었다는 생각이 들더라. 뭐, 그런 정도의 일이니까 그 얘기는 잊어버려. 마음에 걸리기는 하겠지만."

"아주 많이 걸리는데."

"미안해. 그거밖에 할 말이 없다." 침대에 누운 채 하기와라는 머리를 숙이는 몸짓을 했다.

가가는 테이블 위의 컴퓨터 화면으로 시선을 옮겼다. 물론 그가 거기에 떠오른 그래프며 숫자의 의미를 생각하고 있을 리는 없었다. 하기와라는 이 머리 좋은 친구가 어떤 생각을 굴리고 있는지, 은근히 불안해졌다.

하기와라는 현재 다양한 사업의 프로듀스를 맡아서 하고 있었다. 사원 수십 명을 거느린 회사 경영자다. 하지만 전에는 모 홍보대리점에서 일했었다. 대학에서 같은 사회학부였던 가가와 재회한 건 그즈음이었다. 학생시절에는 그리 친하지 않았지만, 다시 만났을 때는 이상하게 죽이 척척 맞았다. 홍보대리점에서 잡일 같은 것만 도맡던 시절이었기 때문에, 그때 막 경찰관이 되어 적응하느라 고생하던 그와는 그런 쪽으로 마음이 통했었는지도 모른다. 그 이후로 일 년에 몇 번쯤은 만나게 되었다. 가가는 검도만 하는 체육계열의 단순한 녀석이라는 선입견을 갖고 있었는데, 한두 번 만나보고는 그에 대한 느낌이 완전히 달라졌다.

사고가 났던 날 밤, 만나기로 약속한 사람이 바로 가가였다. 그에게 하고 싶은 이야기가 있었기 때문이다. 하지만 지금, 하기와라는 그 이야기를 할 마음이 없었다.

사고 직후, 가가는 하기와라의 휴대전화에 연락을 했다. 아무리 기다려도 그가 약속 장소에 나타나지 않았기 때문이다. 하지만 전화를 받은 것은 하기와라가 아니라 가나가와 현경 교통과 경관이었다. 그래서 가가는 누구보다 일찍 사고 소식을 들은 것이다. 휴대전화가 부서지지 않고 멀쩡하게 남았던 것은 기적 같은 일이었다. 아마도 하기와라의 몸이 쿠션 역할을 해서 무사했던 모양이다.

가가는 곧바로 하기와라가 실려 온 가와사키 시내 병원으로 달려왔다. 하기와라는 그때만 해도 의식불명 상태였다.

경찰과 병원 관계자는 그의 가족에게 연락이 되지 않아 난처해 하던 참이었다. 자택 근처의 파출소에 연락해서 상황을 알아보라고 했지만, 집 안에 아무도 없다는 대답만 돌아왔다. 전화를 해봐도 부재중 테이프가 돌아갈 뿐이었다.

가가는 그 즉시 하기와라의 집으로 향했다. 그의 아내에게 연락할 방법을 찾아봐야겠다고 생각했기 때문이다. 여차하면 집 안에 들어가보려고 하기와라의 소지품 중에서 집 열쇠를 들고 갔다.

하지만 가가가 출발한 뒤 곧바로 하기와라의 아내 미에코가 병원으로 전화를 해왔다. 외출했던 곳에서 자기 집의 부재중 전화를 들은 모양이었다. 사정을 듣고 깜짝 놀란 그녀는 즉시 병원으로 가겠다고 말했다.

미네코가 병원에 나타난 것은 그로부터 약 2시간 뒤였다. 가가와 함께였다. 그들은 우연히 하기와라의 집 앞에서 만났다. 가가가 도착하고 잠시 뒤에 그녀가 운전하는 차가 집 앞에서 정차했다는 것이다.

그런 이야기를 물론 하기와라가 직접 들은 것은 아니었다. 나중에 아내와 가가의 말을 듣고서야 파악한 내용이다. 하긴 그들의 이야기를 느긋하게 들을 만큼 회복된 게 겨우 사흘 전이었다.

"아무래도 이상하단 말이야." 가가가 불쑥 말했다.

"뭐가?" 하기와라는 물었다.

가가가 그에게로 시선을 돌렸다. 심호흡을 한 차례 했다.

"네가 졸음운전을 했다는 거."

"글쎄 진짜로 피곤했었던 거라니까. 나도 몸뚱이를 가진 인간이라고."

"아니." 가가는 천천히 고개를 저었다. "아무리 피곤해도 너는 운전 중에 잠을 잘 사람이 아니야."

3

잠깐의 침묵 뒤, 하기와라의 웃음소리가 울려 퍼졌다.

"그런 식으로 높이 평가해주는 건 고맙다만, 실제로는 사고를 내고 이 꼴이 되어버렸는데 무슨 할 말이 있겠냐. 나라는 사람이 네가 생각하는 것보다 물렁한 성격인 모양이지."

하지만 가가 쪽은 하기와라와 함께 웃지 않았다. 그 대신 상의 호주머니에 손을 넣어 조그만 수첩을 꺼내들었다. 미간에 자잘한 주름을 잡으며 그 수첩을 펼쳤다.

"그날 점심때, 너는 헤어디자인 콩쿠르에 관한 회의에 참석했어. 장소는 시나가와. 그 뒤에 하마마쓰에서 홍보대리점 부장을 만났어. 이 일정, 틀림없지?"

하기와라는 친구의 얼굴을 찬찬히 마주보았다.

"대체 왜 그래? 내 행동을 체크하는 게 무슨 도움이 되지?"

"질문에 대답해봐. 틀림없어?"

하기와라는 한숨을 내쉬고는 "그래"라고 대답했다. 가가는 한 차례 고개를 끄덕이더니 수첩에 뭔가를 적어 넣었다.

"좀 물어보자. 그런 얘기는 누구한테 들었어? 우리 회사 사람이냐?"

"맞아."

"항상 말조심하라고 그렇게 일러뒀건만." 하기와라는 혀를 끌끌 찼다. "우리가 어떤 일을 기획 중인지 죄다 술술 불어버린다니까. 하긴 경찰수첩 보자마자 잔뜩 졸아서 술술 불었겠지만, 순간적으로 적당히 둘러대지도 못하다니, 참 머리도 안 돌아가는 놈들이다."

"거짓말을 했다가는 또다시 신문에 들어가게 돼. 보강 수사도 반드시 하거든."

가가의 말을 듣고 하기와라는 고개를 좌우로 내저었다.

"무엇 때문에 그렇게까지 하는 건데?"

그러자 가가는 수첩에서 고개를 들고 하기와라를 빤히 바라보았다.

"그건 나중에 대답할게."

"지금 대답해."

"모든 질문이 끝난 뒤에." 가가는 다시 수첩에 시선을 돌렸다. 그 자세 그대로 질문을 던져왔다. "미네코 씨와 다이치의 얘기로는 그날 아침에 너는 아침식사를 마친 뒤에 곧바로 집을 나갔어. 네가 나갈 때, 두 사람은 아직 집에 있었고. 그렇지?"

"그래. 근데 다이치도 만났어?"

"어제 만났어." 그렇게 말한 뒤, 가가의 표정이 문득 환하게 풀어졌다. "많이 컸던데?"

"내년에 초등학교 입학이야. 앞으로 이래저래 힘들겠어."

다이치가 태어나고 몇 달 지났을 무렵, 가가가 집에 온 적이 있었다. 출산 축하로 지구본을 들고 왔었다. 그 지구본은 지금도 다이치의 방에 장식되어 있었다.

"그림을 봤어." 가가가 말했다.

"그림?"

"물고기 그림. 현관에 걸려뒀던데."

"응." 하기와라는 엷게 웃고는 눈썹 위를 왼쪽 손끝으로 긁적였다. "어땠어? 와이프하고 유치원 선생은 뛰어난 재능이 있다고 하더라만."

"글쎄, 어떨까. 나는 그쪽 방면으로는 문외한이라서. 근데……." 가가는 고개를 약간 갸우뚱했다. "다이치는 순수하고 착한 아이인 것 같아. 자기가 본 그대로 솔직하게 그림을 그렸더라고. 왠지 그런 느낌이 들더라."

"나한테 괜히 빈말할 건 없어."

"아니, 그냥 내 생각을 말했을 뿐이야. 그나저나 다이치를 수족관에 데려간 적은?"

"아직 없어. 한번 데려가야지 생각은 하고 있다만."

요즘 들어 아들과 어디에도 놀러간 적이 없다는 것을 하기와라는 깨달았다. 이번 3일 연휴도 하기와라 가족에게는 아무 의미도 없는 것이었다. 다이치가 예전에 하쓰케이지마 해양 유원지에 놀러가고 싶다고 말했던 게 생각났다.

"몸이 나아지면 다이치를 꼭 수족관에 데려가야겠네." 불쑥 중얼거렸다.

"그게 좋겠다." 가가는 그렇게 말하고 하얀 이를 슬쩍 내보였다.

"그래서 질문은 이제 끝났냐?"

"아니, 이제부터야." 가가의 얼굴 표정이 다시 날카로워졌다. "집을 나온 뒤에 그 헤어디자인 콩쿠르 관련 회의에 출석. 점심은 그곳에서 먹었어. 그리고 모 홍보대리점 부장과 커피숍에서 상담. 여기서 너는 커피를 마셨지?"

"와아, 그런 것까지 조사했어?" 하기와라는 감탄의 소리를 올렸다.

가가는 거기에는 대답하지 않고 말을 이어갔다.

"홍보대리점 부장과 헤어진 뒤에는 어디에도 들르지 않고 일단 귀가했지?"

"그래."

"몇 시쯤?"

"잘 기억나지 않지만, 아마 6시 반은 넘었을 거야."

여기서 가가는 얼굴을 들었다. 슬쩍 가슴을 내밀며 등을 꼿꼿이 세웠다.

"좀 이상하지 않냐? 홍보대리점 부장하고 하마마쓰에서 만났잖아? 나하고 약속한 건 시부야에서 8시였어. 왜 일부러 요코하마 집까지 돌아갔지?"

"고양이 때문에."

"고양이?" 일순 의아해하는 듯하더니 가가는 뭔가 생각난 듯한 표정으로 고개를 끄덕였다. "아메리칸 쇼트헤어 고양이?"

"봤냐?"

"응, 사고 났던 날 밤, 너희 집에 갔었잖아. 그때 봤어. 그래서, 그 고양이가 어쨌는데?"

"점심때쯤 와이프에게서 전화가 왔어. 집을 나올 때 먹이를 접시에 담아놓는 걸 깜빡 잊어버렸다는 거야. 그러니 나더러 어떻게든 시간을 내서 밥 좀 주라고 하더라고."

"그래서 일부러 집에까지 갔어?" 가가는 적잖이 놀란 기색이었다.

"별수 없지. 반려동물을 기르는 이상, 소중하게 아껴줘야지. 이건 다이치를 위한 교육이라는 의미도 있어."

"흠, 그렇군." 그 점은 이해를 한 듯 가가는 두세 번 고개를 끄덕였다. "자네 부인, 가끔 그런 일이 있었어? 그러니까 소중한 반려동물에게 먹이를 주지 않고 외출하는 그런 일이."

이 물음에 대해 하기와라는 곧장 대답하지 않고 가가의 눈을 보았다. 무슨 생각으로 하는 질문인지 파악하고 싶었다. 가가는 변함없이 그늘이 짙은 눈을 하고 있었다. 하기와라는 친구가 노리는 게 무엇인지 정확히 깨달았다. 깁스로 고정한 상체에서 땀이 흐르는 게 느껴졌다.

"와이프도 이래저래 바쁘거든. 그런 식으로 깜빡하는 일이 전혀 없는 건 아니야." 하기와라는 신중하게 대답했다.

"네가 다시 집을 나온 건 몇 시였지?"

"7시 좀 지나서. 정확하게는 모르겠다."

"사고 발생 시각과 발생 위치로 봐서는 7시 15분 전후일 거야. 적어도 7시 10분은 되었어. 회사 직원이 네 휴대전화로 연락했다고 했으니까."

"아, 그럴지도 모르겠다."

뭐든 다 조사했구나, 하고 반쯤 어리둥절한 마음으로 하기와라는 대답했다.

"집에서 나오기 전의 행동을 되도록 상세하게 말해봐."

"너, 아까부터 뭘 들었어? 내가 일부러 집에 돌아간 이유는 이미 말했잖아. 고양이에게 밥을 줬다니까. 고양이 밥의 상표도 알고 싶냐? '나의 야옹이'라는 통조림이야."

"그래, 고양이가 '나의 야옹이'를 먹었다는 건 알겠어. 근데 너는 어땠지?"

"나?"

"뭔가 먹지 않았어?"

이 질문에 하기와라는 왼손을 슬쩍 흔들어 응했다.

"야, 그날은 너하고 식사하기로 약속했었어. 근데 내가 뭘 먹겠냐?"

"그럼 뭔가 마시지는 않았어?"

"안 마셨어." 하기와라는 내뱉었다.

그러자 가가는 일단 수첩을 덮고 뭔가에 실망한 듯 고개를 떨구었다. 잠시 그러고 있더니 의자를 뒤로 물리고 침대로 다가왔다. 그다음에 지은 표정에는 뭔가를 호소하는 듯한 절박함이 담겨 있어서 하기와라는 가슴이 철렁했다.

"하기와라. 사실대로 말해줘. 너는 틀림없이 뭔가를 마셨을 거야. 만일 잊어버렸다면 기억해내도록 노력해줘."

갑자기 입안이 바짝 마르는 것을 하기와라는 느꼈다. 말을 하면 목소리가 갈라져 나올 듯한 예감이 들었다. 하지만 여기서 낭패한 기색을 보여서는 안 된다고 그는 자기 자신을 채찍질했다.

"별 이상한 소리를 다 하네. 내가 대체 뭘 먹었다는 거지?"

가가가 침을 꿀꺽 삼키는 것을 그 목구멍의 움직임으로 알았다. 평소보다 한층 더 우묵하게 보이는 눈두덩 안쪽에서 가가는 지그시 시선을 던져왔다.

"수면제야." 친구가 말했다. "너는 수면제를 먹었어."

4

전화가 울렸다. 병실에 설치된 전화였다. 침대에서 손을 뻗으면 닿는 자리에 붙어 있었다. 하기와라는 말없이 수화기를 집어 들었다.

걸어온 것은 회사의 부하 직원이었다. 컴퓨터 전시회에 관한 것이었다.

"그 일은 모두 자네한테 맡길게. 우치다하고 상의해서 처리해. 응, 그럼 잘 부탁해."

전화를 끊고 나서 오늘 우리 사장이 아무래도 이상하다고 다들 숙덕거릴 거라고 생각했다. 하기와라에게 전화를 걸어서 아무런 지시도 못 받는 일은 아마 한 번도 경험해본 적이 없을 것이다.

"속 편히 입원도 못 하는구나." 가가가 쓴웃음을 섞어 말했다.

"누가 아니래. 하긴 가만히 누워 있는 건 내 성격에 맞지도 않아. 그보다……." 하기와라는 친구의 윤곽이 짙은 얼굴을 마주 보았다. "방금 묘한 소리를 했지. 수면제라고?"

"응, 그렇게 말했어."

"정말 이상한 소리를 하네. 내가 왜 수면제를 먹겠어. 그건 완전히 자살행위잖아."

"너는 자살 같은 걸 할 놈이 아니지."

"당연하지."

"그렇다면……." 가가는 표정을 지워버린 얼굴로 말을 이어 갔다. "누군가 너한테 수면제를 먹였다는 얘기야."

"누가?" 하기와라는 물었다.

가가는 대답하지 않았다. 시선을 돌려 창 쪽을 보았다.

"대답해, 누가 나한테 수면제를 먹였다는 거야?"

"먹일 수 있었던 사람이." 옆얼굴을 보인 채로 가가는 말했다.

"그런 사람 없어." 하기와라는 단언했다. "내 얘기를 제대로 못 들은 거 같으니까 다시 한번 말해줄게. 나는 집을 나오기 전에는 아무것도 마시지도 않았고 먹지도 않았어. 근데 어떻게 나한테 수면제를 먹일 수가 있어? 내가 마지막으로 입에 넣은 건 홍보대리점 부장하고 만났을 때 마신 커피뿐이야. 아, 그러면 그 커피 속에 수면제를 슬쩍 넣었나? 그렇다면 그 부장이 범인이라는 얘기네."

"네가 수면제를 마신 건 집에 돌아간 뒤야. 커피는 관계없어."

"이봐, 가가. 너, 귀가 이상해진 거야? 나는 아무것도 입에 넣지 않았다고 말했잖아."

"아니." 가가는 고개를 돌려 하기와라를 보았다. "너는 뭔가를 마셨어. 거기에 수면제가 섞여 있었고."

"야, 어지간히 해라." 하기와라는 거친 목소리를 냈다. "네가 힘깨나 쓰는 형사라는 건 알고 있어. 하지만 그런 식으로 모든 것을 삐뚤어진 눈으로 보면 안 되지. 너, 자기가 무슨 말을 하는지 알고 있어? 누군가가 나를 죽이려고 했다—. 그런 얘기를 하고 있다고, 지금!"

하지만 그의 험악한 대구에도 가가는 표정을 바꾸지 않았다. 팔짱을 끼고 한숨을 내쉬었을 뿐이다.

"사고가 난 날 밤에 나는 너희 집에 갔었어. 부인에게 급히 연락할 방법을 찾기 위해서였지. 하지만 부인은 이미 사고 소식을 듣고 집에 돌아오는 길이었어. 그녀가 이런저런 준비를 해야 한다고 해서 나는 거실에서 잠시 기다리고 있었어."

"그 얘기는 들었어. 그때 비키도 봤겠지."

"비키?"

"고양이."

"아." 가가는 고개를 끄덕였다. "그래. 하지만 고양이 말고 다른 것도 봤어."

"뭔데?"

"브랜디 글라스. 부엌 싱크대 속에 놓여 있었어."

붕대를 감은 하기와라의 오른손에 바카라 브랜디 글라스의 묵직한 무게가 되살아났다.

"그게 어떻다는 거지? 나도 브랜디 글라스 정도는 갖고 있어."

"그 잔으로 언제 뭘 마셨지?"

"그딴 건……." 하기와라는 바짝 마른 입술을 혀로 핥았다. "그딴 건 기억 안 나. 브랜디 글라스니까 아마 브랜디를 마셨겠지. 낮에 술을 마시는 일은 절대로 없으니까 아마 그 전날 밤에 마신 모양이다."

하지만 그의 말 중간에 가가는 벌써 고개를 젓기 시작했다.

"마신 건 브랜디가 아니라 아마 그냥 물일 거야. 그 주방에는 정수기가 달려 있었으니까 그 물을 받는 데 사용했겠지. 그리고 마신 건 그 전날 저녁이 아니야. 그날 아침도 아니고. 저녁에 나를 만나기 직전 집에 돌아갔을 때, 그 잔을 사용했어."

"아주 자신만만하게 말한다?"

"네가 그 잔을 사용한 건 가까운 선반에서 컵이 눈에 띄지 않았기 때문이야. 그리고 네가 마신 건 보통 물이고. 그렇지?"

"그럴지도 모르지. 하지만 그걸 어떻게 꼭 그날 저녁이라고 특정할 수 있지?"

"내가 봤을 때, 싱크대에는 브랜디 글라스밖에 없었어. 다른 식기들은 없었지. 왜 그랬을까?"

"내가 그런 걸 알 게 뭐야."

"다른 그릇들은 모두 식기세척기 속에 들어가 있었거든. 그날 오전에 미네코 씨는 싱크대에 담가뒀던 그릇들을 모두 식기세척기에 넣고 스위치를 누른 다음에 집을 나갔어. 네가 물을 마시려고 컵을 찾았지만 눈에 띄지 않았던 것도 그 때문이야. 여기까지 말하면 알겠지? 만일 브랜디 글라스를 사용한 게 그 전날 밤이나 그날 아침이었다면 그 글라스도 식기세척기에 들어가 있어야 해." 다그치듯이 가가는 말했다.

심장이 크게 뛰는 것을 하기와라는 느꼈다. 그날의 상황이 망막에 떠올랐다. 그러고 보니 그랬다. 싱크대 선반에는 아무것도 없었다.

"어때?" 반응을 살피듯이 가가가 물었다.

하기와라는 후우 숨을 내쉬었다. 듣던 대로 이 친구는 참으로 우수한 형사라는 생각이 들었다.

"분명 물 한 잔 정도는 마셨을 수도 있겠지." 그는 말했다. "하지만 그것뿐이야. 그 밖에는 아무것도 먹지 않았어. 아, 그게 아니면 혹시 그 정수기에 수면제라도 들어 있었다는 거냐?"

"정수기도 의심해봤지만 역시 그럴 가능성은 낮다는 결론에 도달했어." 가가는 진지한 얼굴로 말했다. "물하고 함께 먹은 게 있었지?"

"끈질기네. 물밖에 안 마셨다니까."

"주방 수납장 위에 비타민제 병이 있었어." 가가는 조용히 말을 이었다. "게다가 뚜껑이 조금 풀려 있었어. 아마 한손에 알약을 들고 또 다른 빈손으로 뚜껑을 닫았던 거겠지."

하기와라는 왼손으로 이마를 긁적였다. 낭패감이 얼굴에 드러나는 것을 감추기 위해서였다.

"야, 한마디만 묻자. 너는 항상 그러냐?"

"뭘?"

"남의 집에 가면 항상 그렇게 흘끔흘끔 관찰하느냐고. 싱크대에 어떤 그릇이 남아 있는가, 약병 뚜껑이 풀려 있지는 않은가, 그런 거."

가가의 입가가 희미하게 풀어졌다. 하지만 그것도 그리 긴 시간은 아니었다.

"항상 그런 건 아니야. 필요하다고 판단했을 때만 그렇지."

"참내, 또 이상한 소리를 하네. 왜 우리 집의 상황을 관찰할 필요가 있었지?"

"부자연스러운 사고가 일어나고 부자연스러운 상황이 벌어지면 그 이면에 뭔가 있을지 모른다고 의심해보는 건 형사로서 꼭 필요한 일이야."

"부자연스러운 사고? 부자연스러운 상황? 무슨 소리를 하는 건지 도통 모르겠네."

"처음에 말했지? 너는 아무리 피곤해도 졸음운전을 할 사람이 아니야. 그런 네가 사고를 냈어. 이건 나한테는 아주 부자연스러운 일이야."

"겨우 그것뿐이야?"

"물론 그것뿐이었다면 나도 굳이 의심하지는 않았겠지. 하기와라 다모쓰라는 놈도 철인은 아니구나, 하는 정도로만 생각했을 거야. 결정적으로 내 의심이 발동한 건 역시 그 뒤의 일이었어."

"그 뒤의 일이라니?"

"이봐, 하기와라." 가가의 목소리가 나지막해졌다. 뭔가 망설이는 기색이었다. "가족이나 집안사람이 사고를 당해서 병원에 실려 갔다는 말을 들었을 때, 너라면 어떻게 할까? 당장이라도 병원으로 뛰어가는 게 일반적이지?"

"그야⋯⋯."

"요코스카에서 이 병원까지 오려면 요코하마 요코스카 도로에서 제3게이힌으로 길을 바꿔서 오는 게 가장 빨라. 아마 누구라도 그렇게 할 거야. 계속 고속도로로 달려올 수 있으니까. 그런데 그녀는⋯⋯"이라고 말하고 가가는 일단 말을 멈췄다.

그리고 다시 덧붙였다. "굳이 고속도로를 내려와서 요코하마의 집에 들렀어. 이걸 부자연스럽다고 느끼는 게 정상인 거 아니냐?"

5

누운 자세를 바꾸고 싶었다. 하지만 거의 온몸이 깁스로 고정된 상태여서 그건 할 수 없었다. 무력하구나, 나는, 이라고 하기와는 생각했다. 지금 이 상태의 나라면 누구라도 쉽게 살해할 수 있으리라.

"지금까지 한 이야기로 봐서는 네가 미네코를 의심한다는 건 알겠어. 나는 내 가족에 대해 남에게 이러니저러니 말을 듣는 게 가장 싫지만, 네 직업상 어쩔 수 없는 일이라고 해석하고, 이번에는 봐주기로 할게. 하지만 한마디 충고 좀 하자. 너는 지나치게 논리에만 치우쳐 있어. 인간이라는 건 그렇게 논리적인 존재가 아니야. 미네코가 연락을 받고 당장 병원으로 오지 않고 요코하마 집에 들렀던 건 실은 별 깊은 뜻도 없어. 자기도 모르게 그렇게 했던 것뿐이야. 그 사람한테 물어봐도 아마 그렇게밖에는 대답을 못할걸? 네 생각이 너무 지나친 거야."

가가는 들고 있던 수첩을 상의 호주머니에 넣고 앞머리를 쓸어 올렸다.

"그날 밤, 내가 먼저 집을 나와서 미네코 씨를 기다리고 있었어. 나도 차가 있었으니까 그녀에게 빠른 길을 알려주려고. 잠시 뒤에 그녀가 나왔어. 손에 뭔가 들고 있더라. 네가 입을 파자마라든가 갈아입을 옷을 챙겨 넣은 가방인 줄 알았는데 그런 게 아니었어. 뭐였을 거 같아?"

"나야 모르지. 대체 뭐였는데?"

"쓰레기봉투였어." 가가는 말했다. "흰 쓰레기봉투를 들고 있더라. 그걸 맞은편 쓰레기장에 버렸어."

"그게 어때서? 외출하는 길에 쓰레기를 버린 게 뭐가 잘못 됐냐?"

"남편이 교통사고로 병원에 실려간 상황에서 쓰레기 버리는 일이 그렇게 걱정스러웠을까?"

"그러니까 인간이란 논리적인 존재가 아니라고 했잖아. 그 다음 날은 토요일이고, 우리 동네는 재활용 쓰레기 수거일이 일주일에 딱 한 번뿐이야. 그날을 놓치면 다음 주까지 기다려야 한단 말이지. 미네코가 순간적으로 그게 생각났다고 해도 이상할 거 없어. 아니, 그보다—." 하기와라는 거기까지 단숨에 말하고 가가의 얼굴을 노려보았다. "미네코가 왜 나를 죽이려고 하느냐고. 동기가 없잖아, 동기가."

"그럴까?"

"뭐가 있다는 거야?"

"그럼 다시 한번 묻자. 그날, 너는 나한테 뭔가 상의하려고
했었어. 회사 일은 아니었지? 그쪽은 형사인 내가 상담해줄 만
한 일이 아니야. 그렇다면 가족 일이라고 생각할 수밖에 없어.
그것도 자네 부인의 일. 아이에 대한 고민이라면 독신인 나한
테 말해봤자 별 볼 일도 없으니까 말이지."

하기와라는 천천히 고개를 내저었다. 몹시 짜증난다는 마음
을 어필하려고 해본 몸짓이었다.

"미네코가 돌아오기 전에 이 이야기, 얼른 결론을 내자. 이
러다가는 너, 우리 와이프 얼굴 보자마자 수갑을 꺼낼 것 같잖
아."

"미네코 씨는 당분간 돌아오지 않을 거야." 가가는 말했다.
"그건 너도 어렴풋이 알고 있겠지."

"무슨 뜻이야?"

가가는 다시 상의 호주머니에 손을 넣었다. 다음에 꺼내놓
은 것은 사진이었다.

"그녀는 아마 이곳에 가 있을 거야. 이 병원에서라면 차로
20분쯤 걸리는."

하기와라는 그 사진을 받아 들었다. 맨션으로 보이는 건물
이 찍혀 있었다. 건물 앞쪽에는 공원이 있었다.

"구즈하라 루미코의 맨션이야. 그 여자에 대해서는 알고 있지?" 가가는 물어왔다.

"그래, 미네코가 다니는 아트플라워 교실의 강사야. 그게 어떻다는 거지? 아니, 그보다 어째서 네가 이런 사진을 갖고 있어? 언제 찍었느냐고."

"사진을 찍은 건 사흘 전이야."

"사흘 전이라니……." 하기와라는 사진에서 가가의 얼굴로 시선을 옮겼다. "그럼 미네코를 감시했다는 거야? 미행을 해서 이 장소를 알아냈어?"

"비열하다고 말하고 싶으면 얼마든지 말해. 원래 나는 이런 일로 밥 먹고 사는 사람이니까. 목적을 위해서라면 어떤 일이라도 해."

"비열하다고는 안 하겠지만, 참 서글픈 밥벌이다." 하기와라는 사진을 침대 옆에 내려놓았다. "미안하지만 그다음 이야기는 더 이상 듣고 싶지 않다. 이 사진 가지고 그만 돌아가줄래?"

"그럴 수는 없어. 친구가 불행해지는 걸 멀뚱멀뚱 쳐다만 볼 수는 없으니까."

"이미 재난은 들이닥쳤어. 이 붕대를 좀 보라고."

가가는 거기에는 대답하지 않고 사진을 집어 들었다. 그리고 하기와라 쪽으로 시선을 던졌다.

"너도 눈치챘을 거야. 구즈하라 루미코와 미네코 씨의 관계."

그의 말이 하기와라의 가슴을 찔렀다. 배 속이 꾸욱 오그라드는 것 같았다.

"뭔 소리야?" 가까스로 그렇게 말했지만, 목소리가 슬쩍 갈라졌다.

"미네코 씨를 의심했을 때, 나는 그녀에게 남자가 있을 거라고 생각했어. 그래서 행동을 감시하기로 했고. 근데 그녀가 남자와 접촉하는 기색은 전혀 없었어. 빈번하게 드나드는 건 혼자 사는 여자의 집이었지. 나는 내 감이 틀렸다고 생각했어. 그런데 그 상대 여자에 대해 탐문수사를 한 결과, 놀라운 것이 밝혀진 거야." 가가는 괴로운 듯 미간을 좁혔다. 그리고 한 차례 천천히 눈을 깜빡이고 말을 이었다. "구즈하라 루미코는 1년 전까지 다른 여자하고 살았어. 그 두 사람이 단순한 룸메이트로 보이지 않았다는 건 여러 사람들이 증언해줬고. 즉 미네코 씨가 그 룸메이트를 대신하는 상대가 되었다는 건……."

"그만 됐어." 하기와라는 가가의 말을 가로막았다.

6

"역시 알고 있었지?" 가가는 물었다.

"구즈하라 루미코에게 그런 소문이 있다는 건 나도 들었어. 하지만 미네코가 절대로 그녀의 새로운 상대일 리는 없다고 확신해. 와이프는 단순히 아트플라워 기술을 배우려고 구즈하라의 집에 드나든 것뿐이야."

"하기와라, 더 이상 거짓말은 하지 마라. 미네코 씨를 믿는 게 아니라 믿고 싶을 뿐이겠지."

"뭐가 거짓말이야? 나는 거짓말 같은 거 안 해. 사실을 말했을 뿐이야."

가가가 돌연 자리에서 벌떡 일어섰다. 그리고 고뇌하듯이 머리를 쥐어뜯으며 좁은 실내를 돌아다녔다. 이윽고 의자 앞으로 돌아왔지만 그는 앉으려고 하지 않았다.

"사실을 말하자면 나는 이곳에 올 때까지 반신반의했어. 미네코 씨가 너를 죽이려고 했다는 생각은 하고 싶지도 않았으니까. 하지만 그걸 확신하게 만든 건 바로 너의 그런 태도야. 너는 집을 나오기 전에 아무것도 먹지 않았다고 계속 주장했지? 왜 그런 거짓말을 했을까? 너 스스로 그녀가 수면제를 먹인 거라고 의심했기 때문에 더더욱 형사인 나한테 사실대로 말을 못한 거야. 그렇지?"

"말도 안 돼. 만일 내가 그런 의심을 했다면 망설임 없이 너한테 알렸을 거야. 나를 죽이려고 했다는데 아무 말도 안 하고 있을 만큼 나는 호인이 아니야."

"그럴까? 너는 사실을 알고 싶지 않은 거야. 미네코 씨가 구즈하라 루미코와 특별한 관계라는 것도, 그녀가 너에게 살의를 품었다는 것도, 내심 의심은 하면서도 확인하고 싶지는 않은 거야. 확인하는 게 두려운 거라고."

"가가." 하기와라는 입술을 깨물었다. 그리고 호흡을 가다듬고 말했다. "만일 내 몸이 성했다면 너를 두들겨 팼을 거다."

"건강해진 뒤에 두들겨 패면 돼. 얼마든지 맞아주마." 가가는 침대 옆에 서서 지그시 하기와라를 내려다보았다. 두 주먹을 꾸욱 움켜쥐고 있었다.

하기와라는 한숨을 내쉬며 눈을 돌려버렸다.

"아닌 게 아니라 그날 나는 비타민제를 먹었어. 하지만 내가 아무리 둔한 사람이라도 비타민제 병에 수면제가 섞여 있었다면 당장 알아봤겠지. 아니면 구분을 못 할 만큼 똑같이 생긴 수면제가 있다는 거야?"

"그 점은 나도 이상했어. 하지만 너희 회사 직원에게 이야기를 듣고 또 다른 가능성이 있다는 것을 깨달았어."

"또 다른 가능성?"

"너, 비타민제 외에 드링크도 애용했다면서? 항상 함께 마셨다고 하던데." 그렇게 말하더니 가가는 몸을 돌려 편의점의 하얀 봉투를 들어올렸다. 그 안에서 작은 병을 꺼냈다. "이거지?"

그것은 정말로 하기와라가 항상 마시는 드링크였다. 그날 사고가 나기 전에 마셨던 그 드링크제였다.

"그게 왜? 설마 그 병에 수면제를 넣었다는 말을 하려는 건 아니겠지?"

"나는 그렇게 추리하고 있어. 그것밖에는 생각할 수가 없어."

"장난하냐? 그 병에 무슨 재주로 수면제를 넣느냐고. 일단 뚜껑을 열어야 약을 넣더라도 넣을 거 아니야. 근데 일단 뚜껑을 열었다면 내가 설마 그걸 못 알아보겠냐?"

그러자 가가는 아무 말 없이 손에 든 드링크제의 뚜껑을 비틀었다. 금속이 찢기는 소리가 났다. 그는 그대로 뚜껑을 돌려 벗겨냈다.

"뭘 하려고?"

가가는 병을 하기와라의 얼굴 바로 위로 가져왔다. 그 위치에서 병을 거꾸로 들었다. 으윽 하고 하기와라는 얼굴을 피하려고 했다. 하지만 병에서는 아무것도 쏟아지지 않았다.

무슨 영문인지 알 수 없어서 하기와라는 눈을 크게 떴다. "어떻게 된 거야?"

가가는 뚜껑을 내밀었다. "뚜껑 안쪽을 봐라."

하기와라는 그것을 받아 들고 가가의 말대로 했다. 다음 순간, 앗 하는 소리를 흘렸다.

뚜껑에는 지름 2밀리미터 정도의 구멍이 뚫려 있었다. 하지만 그것을 뚜껑 위에 붙은 가격표 스티커가 감춰주었던 것이다.

"이 드링크제는 너희 집 근처의 약국에서 샀어. 그 가게에서 사면 모두 다 그런 식으로 뚜껑에 가격표 스티커가 붙어 있었을 거야." 가가의 목소리가 웅웅 울렸다.

하기와라는 기억을 더듬었다. 분명 그랬다. 뚜껑에는 언제나 가격표 스티커가 붙어 있었다.

"간단한 트릭이야. 그런 식으로 구멍을 뚫고 일단 안의 액체를 빨아내는 거야. 거기에 수면제를 섞어서 다시 한번 병에 담지. 그다음은 가격표 스티커로 구멍을 덮기만 하면 돼." 가가는 담담한 어조로 말했다.

하기와라는 말없이 그 뚜껑을 쳐다보았다. 그곳에 뚫린 작은 구멍이 뭔가를 상징하는 것만 같았다.

그는 뚜껑을 내던졌다. 건조한 소리를 내며 그것은 바닥을 굴러갔다.

"상상이야." 하기와라는 말했다. "모두 다 너의 상상일 뿐이라고. 경찰은 그런 식으로 일해서는 안 되잖아. 증거가 있어? 와이프가 그런 짓을 했다는 증거가 있다면 내놔봐."

가가는 허리를 숙여 하기와라가 내던진 뚜껑을 주웠다. 그리고 다시 한쪽 손에 들고 있던 빈 병에 씌우더니 테이블 위에 올려놓았다.

"나도 크게 후회하고 있어." 중얼거리듯이 그는 말했다. "그 날 밤 안에 너희 집에 다시 가서 그녀가 쓰레기봉투에 넣어서 버린 것을 회수했어야 했어. 아까 네가 말했듯이 그다음 날은 재활용 쓰레기 수거일이었어. 그래서 더더욱 그녀는 병원에 오기 전에 어떻게든 집에 들렀어야 했던 거야. 그녀가 집에 간 목적은 증거를 은폐하는 것이었어."

"그 쓰레기봉투 속에 구멍 뚫린 드링크제 병이 들어 있었다 는 거야?"

"거의 확실히."

"말도 안 되는 소리. 네 생각이 지나쳤어. 혹시 그런 방법이 가능했더라도 이건 확실성이 너무 낮잖아? 네가 조사한 대로 나는 드링크제를 자주 마셨어. 하지만 외출하기 전에 반드시 마신 건 아니야. 혹시 마셨다고 해도 그 약이 어떤 효과를 낼 지도 명확하지 않아. 잠이 온다고 느낀 내가 차를 갓길에 세우 고 잠깐 자버리면 아무 효과도 없어. 살인범이 그런 불확실한 수단을 선택하겠어?"

"그러니까 미필적 고의였다는 얘기야."

"뭐라고?"

"미필적 고의. 범인은 그 범행이 성공하기를 바라지만 가령 실패하더라도 별수 없다―. 그런 종류의 범행이야. 실제로 너 는 이렇게 목숨을 건졌지만, 아직 경찰은 범인을 조사하지 않고 있어." 가가는 창문 옆에 서서 바깥을 향한 채 이야기를 계속했다. "구즈하라 루미코에게 3천만 엔 가까운 빚이 있다고 하더라."

"3천만 엔……."

"미네코 씨가 이혼하자는 말을 내비친 적은 없었어?"

"없어. 있을 리가 없지."

"그렇겠지. 지금 상황에서 이혼해봤자 너한테서 위자료도 못 받을 거고, 다이치도 데려가기가 어려워. 아니, 구즈하라에게 빚만 없다면 지금의 관계를 계속 이어가는 게 오히려 이익이라고 생각하겠지."

"그럼 구즈하라의 빚을 해결해주기 위해 나를 죽이려고 했다는 거야?" 유산이며 보험금이라는 말이 하기와라의 머릿속에 떠올랐다. "겨우 그런 것 때문에 나를……."

"적극적인 살의는 없었는지도 모르지. 죽어주면 다행이다, 라는 정도였을 거라고 나는 추측하고 있어."

"내가 죽으면 다행이라고……."

7

다양한 생각이 하기와라의 가슴속에서 교차했다. 실은 어떻게 해야 할지 알지 못하고 있었다. 사고가 나기 전부터 그랬다.

물론 미네코와 구즈하라 루미코의 관계를 눈치채지 못했던 것은 아니다. 아는 사람이 구즈하라 루미코의 성적 취향에 대해 말해주었던 것이다. 하지만 하기와라는 도저히 미네코가 그런 세계에 빠졌다고 생각할 수 없었다. 가가의 말대로 믿고 싶지 않았던 것이리라.

하지만 미네코의 행동을 관찰할수록 의심은 깊어져갔다. 하기와라는 고민에 빠졌다. 본인에게 물어봐도 아니라고 해버리면 어쩔 수가 없다. 하지만 그것 말고는 진상을 확인해볼 수단이 생각나지 않았다.

그래서 그날 저녁, 가가를 만나려고 했던 것이다. 다양한 사건을 접하는 가가라면 뭔가 유익한 조언을 해줄 거라고 기대했었다.

그런데 그 사고가 터졌다.

아내가 자신에게 수면제를 먹였을지도 모른다는 의심은 실은 내내 하기와라의 뇌리에 있었다. 하지만 일부러 그건 생각하지 않으려고 했다. 생각해서 어떤 답이 나와버리는 것을 두려워했다고 해야 할 것이다. 물론 아무 답도 내지 않고 끝날 문제가 아니었지만.

가가가 수첩을 펼쳐 하기와라 쪽으로 내밀었다. 그리고 다른 손으로는 볼펜을 내밀었다.

"뭐야?"라고 하기와라는 물었다.

"여기에 물고기 그림을 그려봐."

"물고기 그림? 왜?"

"아무튼 그려봐. 네가 좋아하는 생선이라도 좋아. 참치든 꽁치든 아무거나."

"별 이상한 짓을……."

하기와라는 수첩과 볼펜을 받아 들고 왼손으로 서투르게 물고기를 그렸다. 참치로도 꽁치로도 보이지 않는 기묘한 물고기가 되었다.

수첩을 돌려받고 가가는 부드럽게 웃었다. "역시."

"뭐야. 대체 무슨 말을 하려고."

"며칠 전에 텔레비전을 봤더니 재미있는 얘기를 하더라. 사람들에게 물고기 그림을 그리라고 하면 틀림없이 머리가 왼편으로 향하게 그린다는 거야. 오른손잡이든 왼손잡이든 관계없이. 그리고 외국인도 똑같대. 지금 네가 그린 물고기도 보시는 대로 머리를 왼쪽으로 향하고 있지?"

하기와라는 허를 찔린 듯한 심정으로 자신이 방금 그린 그림을 바라보았다.

"그러고 보니 그렇군. 왜 그렇지?"

"어류도감을 비롯한 물고기 그림 대부분이 이런 식으로 그려져 있기 때문이라고 했어. 어렸을 때부터 계속 이런 물고기 그림을 보게 되면 머리를 왼쪽으로 향하게 그려야 한다는 인식이 머릿속에 박힌다는 거야. 그럼 어째서 어류도감에는 그렇게 그려져 있는가 하면, 처음에 어류 연구를 체계적으로 행한 학자가 항상 물고기의 좌측을 그렸기 때문이라나? 거기에는 이유가 있어. 물고기의 오른편 몸을 그리기 전에 해부해버렸기 때문이야. 반드시 오른편만 해부한 건 어류의 심장을 지키기 위해서라는 얘기야."

"그렇군. 좋아, 네가 텔레비전을 열심히 본다는 건 잘 알았어. 근데 그게 어떻다는 거지?"

"현관에 걸려 있던 그림을 생각해봐. 다이치가 그린 물고기 그림."

"그 그림은……"

"머리가 오른쪽을 향하고 있었지?"

가가의 말에 하기와라는 고개를 끄덕였다.

"그래, 오른쪽이었구나. 그 그림을 봤을 때, 어쩐지 이상한 기분이 들었던 건 그 때문이었어. 하지만 다이치 녀석은 왜 그런 식으로 그렸지?"

"내가 말했었지. 다이치는 순수한 아이야. 자기가 본 대로 그렸거든."

가가는 상의 호주머니에서 다시 사진을 꺼냈다. 하지만 이번에는 두 장이었다.

"이쪽 사진은 아까 보여준 구즈하라 루미코의 맨션이야. 그리고 이쪽 사진은 그 앞의 공원 일부를 확대한 거고."

얼굴 앞에 내밀어진 두 장의 사진을 하기와라는 비교해보았다. 그리고 확대된 사진을 보고 숨을 헉 삼켰다. 그곳에는 물고기 조각상이 찍혀 있었다. 공원 입구를 장식하는 조각상인 듯했다.

"다이치가 이 물고기 조각상을 그렸다는 거야?"

"그렇게 생각해도 무리는 아니겠지? 참고로 말하자면, 공원에서 그 조각상을 그렸을 경우에는 머리가 왼편을 향하게 돼. 근데 그게 오른편을 향했다는 건 맨션 쪽에서 쳐다보면서 그렸다는 얘기야."

"구즈하라 루미코의 집은……."

"2층이야. 창문으로 내다보면 정면으로 그 조각상이 보일 거고."

"미네코가 다이치를 그 여자 집에 데려갔었다는 거야?"

"그렇게 생각하는 게 타당하겠지. 물론 미네코 씨는 아트플라워 선생 집에 아이를 데려간 게 뭐가 잘못이냐고 하겠지만."

"그렇군. 다이치를 데리고 갔었어."

그 일의 의미를 하기와라는 생각했다. 납덩이를 삼킨 것처럼 묵직한 것이 위에 걸린 듯한 불쾌감이 들었다.

"언젠가는 그 여자와 함께 살 생각이었군. 다이치도 데려가서……."

"그녀의 계획이 얼마나 구체적이었는지는 알 수 없어. 하지만 다이치와 구즈하라 루미코를 친해지게 하려고 했다는 건 확실하지 않을까?"

"음, 잘 알았어." 하기와라는 하얀 천장을 응시했다. 온몸의 통증이 왠지 지금은 전혀 느껴지지 않았다. "얘기는 그걸로 끝났냐?"

"그래, 이상이다." 가가는 사진과 수첩을 호주머니에 챙겨넣었다. "오지랖도 넓은 놈이라고 할지도 모르겠다. 하지만 그냥 입 다물고 있을 수는 없었어." 마지막으로 테이블 위의 빈 병에 손을 내밀었다.

"아, 그 병은 그냥 놔둬." 하기와라는 말했다.

"……그래도 괜찮겠나?"

"응. 부탁한다."

가가는 잠시 생각해보는 얼굴이더니 이윽고 고개를 끄덕였다. 그리고 손목시계를 보았다.

"너무 오래 있었군. 몸은 좀 어때, 피곤하지 않아?"

"응, 괜찮아. 몸 쪽만." 하기와라는 입가에 웃음을 지어 보였다.

가가는 심호흡을 한 차례 했다. 고개를 좌우로 굽혔다. 관절이 우드득 소리를 냈다.

"그럼 나는 이만 가봐야겠다."

"응, 조심해서 가라. 졸음운전 같은 거 하면 안 돼."

가가는 슬쩍 한 손을 흔들고 몸의 방향을 바꾸었다. 하지만 곧바로 돌아보았다.

"맨 처음에 한 얘기 말인데, 그 대답은 안 들어도 되겠냐?"

"대답?"

"왜 그렇게까지 조사를 하느냐고 네가 물었을 때, 그 대답은 모든 질문이 끝난 뒤에 말해주겠다고 했지?"

"응." 하기와라는 고개를 끄덕였다. 하지만 금세 고개의 움직임이 세로에서 가로로 바꾸었다. "아니, 이제 됐어. 네 입에서 비릿한 소리는 듣고 싶지 않다."

이를테면 우정이라느니 하는 말을─. 이건 하기와라가 마음속에서 중얼거린 소리였다.

가가는 가벼운 미소를 지으며, 몸조리 잘해, 라고 말했다. 그리고 출구로 향했다.

그때, 문이 열리는 소리가 났다. 가가가 발을 멈추었다.

"어머, 지금 가시는 길이에요?" 미네코의 목소리였다. 하기와라의 귀에는 묘하게 명랑하게 들렸다.

"아픈 사람을 상대로 너무 길게 얘기를 해버렸습니다."

"그이가 심심해서 자꾸 말을 시킨 거 아닌가요? 죄송해요. 바쁘실 텐데."

"아뇨, 의외로 건강해 보여서 안심했습니다. 또 오지요."

"고맙습니다."

가가가 나가는 기척이 들렸다. 그 대신 미네코가 모습을 드러냈다.

"무슨 이야기를 했어?" 생글거리며 그녀는 물어왔다. 그 얼굴은 조금 불그레해진 것처럼 보였다.

"뭐, 여러 가지. 그보다 당신은 어디까지 쇼핑을 나간 거야? 꽤 오래 걸린 거 같은데."

"가가 씨에게는 미안하지만, 이 기회에 한꺼번에 몰아서 돌아다녔어. 다음에는 또 언제 느긋하게 쇼핑할 수 있을지 모르잖아."

"그래?" 숨을 가다듬고 나서 그는 물었다. "아트플라워 쪽은 어떻게 됐지?"

"응?" 그녀의 얼굴에 낭패하는 기색이 스윽 스쳐갔다.

"아트플라워 말이야. 안 갔어?"

"아, 응……. 요즘은 안 갔어. 이런 때에 무슨."

미네코의 시선이 허우적거렸다. 그 눈이 한곳에서 문득 멈췄다. 테이블 위였다. 그곳에는 가가가 두고 간 빈 드링크 병이 놓여 있었다.

그 모습을 빤히 바라보다가 그녀와 눈이 마주쳤다. 하지만 그녀 쪽이 시선을 피했다.

"꽃병 물 갈아줘야겠다." 미네코는 창가에 놓인 꽃병을 두 손으로 들고 욕실로 향했다.

그녀의 뒷모습을 응시하며 하기와라는 묻고 있었다. 어째서? 어째서 상대가 여자냔 말이야. 나를 죽여서까지 그 여자와 살고 싶었어?

하지만 그렇게 물으면서 하기와라는 그녀 역시 마음속으로 대답하고 있다는 것을 느꼈다. 당신이 나빠. 당신은 변해버렸어. 당신은 대체 나에게 뭘 해줬어? 일보다 내가 더 소중하다고 생각해? 그런 걸 겉으로 표현했다고 자신 있게 말할 수 있어? 나는 나를 사랑해주는 사람을 선택했을 뿐이야―.

미네코가 꽃병을 안고 욕실에서 나왔다. 하기와라 쪽은 쳐다보지 않고 똑바로 창가로 걸어갔다. 꽃병을 내려놓고 꽃의 위치를 조절했다.

"그 드링크 병은……." 하기와라는 입을 열었다. "가가가 가져온 거야. 어디서 가져왔는지는 말하지 않아도 알겠지?"

미네코의 손이 멈췄다. 하지만 그녀는 창 쪽을 향한 채 움직이지 않았다.

"사고 다음 날 아침, 가가는 우리 집에 갔었어. 그리고 쓰레기 수거차가 오기 전에 당신이 버린 쓰레기봉투를 찾아내고 그 안에서 저걸 꺼내왔대."

미네코가 크게 숨을 들이쉬는 게 가슴의 움직임으로 느껴졌다. 그 모습을 바라보며 하기와라는 뒤를 이어 말했다.

"그 녀석은 형사야. 마음만 먹으면 뭐든 조사할 수 있어. 이 병에 어떤 비밀이 숨겨져 있는지도."

미네코가 하기와라 쪽으로 몸을 돌렸다. 그 눈에는 두려움과 증오, 아주 조금이지만 후회의 빛이 서려 있는 것 같았다. 그녀는 아무 말도 하지 않았다. 입술을 깨물었을 뿐이다.

"나가줘." 하기와라는 조용히 말했다. "내일부터는 더 이상 오지 않아도 돼."

미네코의 내면에서 뭔가가 터지는 것을 하기와라는 느꼈다. 하지만 그녀는 전혀, 라고 해도 좋을 만큼 표정을 무너뜨리지 않았다. 자세에도 흔들림이 없었다. 하기와라는 오히려 자신이 훨씬 더 동요하고 있다는 것을 자각했다. 그 한편에서, 여자라는 건 정말 대담한 존재라고 생각했다.

표정이 지워져버린 얼굴로 미네코는 성큼성큼 걸음을 옮겼다. 구두 소리가 실내에 울렸다. 그 소리는 그녀가 나간 뒤에도 하기와라의 귓속 깊은 곳에서 메아리치고 있었다.

작은 공간에 응축된 추리의 재미

일본 추리소설계의 대가 히가시노 게이고, 데뷔 이듬해부터 지금까지 줄곧 그와 함께 성장해온 캐릭터가 '가가 형사'다. 키가 훌쩍 크고 어깨 폭이 넓은 사람, '씩 웃으면 상큼하다고 못할 것도 없는' 가가 교이치로는 작가의 의식에서 탄생하여 30여 년에 걸쳐 열 권의 책을 통해 성장해왔다. 이 이야기를 공유한 독자들에게 이제 그는 몇 마디 말이나 작은 몸짓만으로도 속내를 짐작할 수 있는 '잘 아는 형사'가 되었다. 개성 강한 주인공이 독자와 함께 서서히 낯을 익혀간다는 것은 시리즈물에서만 맛볼 수 있는 귀중한 경험이다.

주의 이 글에는 작품의 중요한 내용이 언급되어 있습니다.

『거짓말, 딱 한 개만 더』는 가가 시리즈의 여섯 번째 책, 이 시리즈 중에서는 처음 만나는 단편 모음이다. 묵직한 책 한 권 분량의 장편과는 달리 이번 단편집은 각 작품에 할당된 지면이 50여 쪽 정도다. 그 짧은 지면 속에서 얼마나 효과적으로 압축하여 사건의 전모를 밝혀내는지 흥미진진하게 지켜봐야 할 것이다.

「거짓말, 딱 한 개만 더」에서는, 웬만하면 거짓말을 하지 않는 '정직한' 그녀에게 가가 형사가 '딱 한 개만 더' 거짓말을 하도록 유도한다. 그것이 미궁에 빠진 범행 방법을 밝혀내는 열쇠가 된다. 그리고 사건이 서서히 마무리되는 순간, 작은 실수로 보이는 그 거짓말 뒤에서 독자는 그보다 더 뿌리 깊은 거짓말을 발견한다. '예술가로서의 자부심'이라는 영예를 목숨처럼 소중히 지니고 살아온 발레리나, 그녀의 인생 전부를 뒤엎는 근원적인 거짓말이다. 무릇 모든 영예가 언제나 '정말'인 것은 아니다. 오히려 자의반 타의반으로 거짓의 토대를 딛고 올라서서 어느새 덧없는 정상의 자리에 오르는 일이 더 많은 게 아닐까. 뒤돌아보아 '이 무슨 거짓된 영예인가'라고 스스로의 인생을 부정하지 않으면 안 된다는 건 참으로 큰 비극이다. 그리고 그런 근원적인 거짓을 인정한다는 것은 너무나 두려운 일인지도 모른다. 살인마저 불사할 만큼. 이 단편은 사회적 명성을 얻은 이들이 그 명성을 뒤흔들 근원적 거짓말에 대해 한 사코 부인하는 현상을 천착해보는 기회가 될 것이다.

「차가운 작열」은 '나도 뭔가 재미있는 게 있어야 할 거 아냐!'라고 부르짖는 젊은 부인의 절규가 유난히 강렬하게 가슴에 찍히는 작품이다. 가족 구성원의 역할이 위태로운 요즘 세태의 단면을 날카롭게 조명하고 있다고 할까. 자기 자신을 위한 삶을 습관적으로 추구해온 젊은 여자는 한 가정의 아내와 엄마가 된 뒤에도 자신의 '재미'를 포기하지 못한다. 남편은 회사 일에 바쁘다는 이유로 집안일을 온통 아내에게만 떠맡기고, 사회구조는 자아실현 욕구가 강한 여성의 요구를 수용하지 못한다. 파친코 도박에 빠져서 아이를 자동차 안에 방치하여 사망에 이르게 한 실제 사건을 소재로 한 작품이다.

「두 번째 꿈」은 우리 독자들에게 큰 공감을 주는 작품이 될 것 같다. 자식교육에 모든 것을 거는 어머니의 비극을 그리고 있기 때문이다. 내가 이루지 못한 꿈을 딸아이를 통해 실현하고 싶다. 그것이 곧 딸아이의 행복이기도 하다. 내 자식의 재능을 키워주겠다는데 그게 뭐가 잘못인가? 그야말로 열과 성을 다하여 자신의 삶을 자식에게 쏟아붓는 어머니의 주장이다. 그렇게 키워낸 딸아이는 과연 어떤 모습이 되었는가. 맹세를 깬 어머니가 미웠던 것일까. 아니, 어쩌면 이 딸에겐 미움이라는 감정조차 없었는지도 모른다. 어머니와 2인 3각으로 키워온 재주를 이용하여 다름 아닌 어머니의 남자를 아무렇지도 않게 제거하는 리사, 마치 감정 없는 기계 같은 어린 리사는 어떤 인물보다 섬뜩하게 다가온다. 그녀가 천재 기계체조 선수라는 것이 아이러니하다. 이 작품의 중요한 단서가 되는 동시에 '기계 같은 신세대'의 극단적인 상징으로 보이기 때문이다.

「어그러진 계산」에서는 자기중심적이고 강압적인 남편에게 짓눌려 살아가는 아내가 등장한다. 그녀는 모두에게 연약한 여인으로 보인다. 마음이 약해서 큰소리 내는 게 싫고, 매사에 자기주장 없이 못 이기는 척 끌려가는 순한 여자. 그녀의 그런 면을 노린 남자의 상황 설정에 말려들어 그녀는 '잘못된 결혼'을 한다. 아내를 시댁에 봉사하는 하녀, 순종하는 인형쯤으로 생각하는 인간을 반려자로 선택해버린 것이다. 이윽고 그녀는 불륜에 빠지게 되고……. 이 이야기를 이른바 '순하고 연약한 여자'가 두 남자를 비극으로 몰아넣은 사건이라고 보는 건 그녀에게 너무 가혹한 일일까. 그래도 소년처럼 순수했던 건축가 나카세 유키노부의 차가운 뺨 위에 떨어진 그녀의 눈물만은 독자의 가슴에 쩡한 안타까움을 남긴다.

「친구의 조언」은 가가 형사가 친구에게 보내는 깊은 정이 두드러지는 작품이다. 어처구니없는 진실이 서서히 밝혀지는 가운데서도, 대범하고 속 깊은 두 남자 사이에 오고 가는 심리전과 그들이 나누는 대화가 유쾌하게 울린다. 사업에 매진하는 남편과 그가 몸을 깎아 벌어들인 금전적 자유를 향유하는 아내의 모습. 진한 허탈감과 배신감에 이를 악물면서도 남자들의 우정은 영원하다고 작가는 말하고 싶었을까.

히가시노 게이고의 이야기는 추리적 요소를 중심으로 하는 데서 조금씩 변화를 거듭하여 최근에는 사회 문제로 떠오른 실제 사건을 다루거나 과학이나 공학에 관한 소재를 도입하는 등, 다양한 방향으로 펼쳐지고 있다. 『거짓말, 딱 한 개만 더』는 그의 그런 변화를 보여주는 첫 작품집이다. 사회적 명성이라는 허상, 붕괴되는 가족 구성원의 역할, 무감성의 젊은 세대 등, 현대 사회가 안고 있는 문제들을 집중적으로 짚어나간다. 그러면서도 독자를 추리의 세계로 안내하는 재능은 여전히 독보적이다. 반전에 반전을 거듭하는 범인 찾기, 교묘한 트릭을 파헤치는 추리소설적인 재미가 매번 독자의 상상력을 뛰어넘는다. 사소한 힌트를 바탕으로 범행에 쓰인 도구와 방법을 밝혀내는 가가 형사의 예리한 관찰력에도 감탄을 거듭할 수밖에 없다. 특히 이번 다섯 편의 이야기에서는 범인과 그 피해자의 심정을 간파하는 가가 형사의 심리전이 주목할 만하다.

「거짓말, 딱 한 개만 더」에서는 가가 형사 시리즈의 또 다른 작품 『잠자는 숲』의 어느 한 면을 줌인으로 부각한 듯한 색다른 재미를 느낄 수 있었다. 또한 가가 시리즈의 대표작 『붉은 손가락』은「두 번째 꿈」에 등장한 소녀 리사의 '소년 버전'으로 다가온다. 인간적 양심이라는 검은 눈동자를 잃어버린 텅빈 눈의 소년소녀를 보는 듯한 서늘한 끔찍함을 단편과 장편으로 감상할 수 있는 좋은 기회가 될 것이다. 가가 형사 시리즈를 하나하나 독파하는 즐거움, 이 최상의 사치를 독자와 함께 나누었으면 한다.

거짓말, 딱 한 개만 더

지은이 히가시노 게이고
옮긴이 양윤옥
펴낸이 김영정

초판   1쇄 펴낸날 2009년 7월 27일
개정판 1쇄 펴낸날 2019년 7월 25일
개정판 7쇄 펴낸날 2024년 6월 3일

펴낸곳 (주)현대문학
등록번호 제1-452호
주소 06532 서울시 서초구 신반포로 321(잠원동, 미래엔)
전화 02-2017-0280
팩스 02-516-5433
홈페이지 www.hdmh.co.kr

ISBN 978-89-7275-006-2 04830
       978-89-7275-000-0 (세트)

• 책값은 뒤표지에 있습니다.
• 파본은 구입처에서 교환해드립니다.